Arena-Taschenbuch
Band 50738

Ebenfalls von dieser Autorin sind im Arena Verlag erschienen:
Sommernachtsschrei
Puppenrache

Wenn es dunkel wird

Stille Nacht. Mörderisch schöne Weihnachtsthriller
(Sammelband zusammen mit Ulrike Bliefert, Bettina Brömme, Beatrix Gurian und Nora Miedler)
Totentänze
(Sammelband zusammen mit Krystyna Kuhn, Susanne Mischke und Beatrix Gurian)

Die Insel
Die Rache der Insel

Sommerfrost ist auch als Hörbuch erhältlich.

Manuela Martini
wurde 1963 in Mainz geboren. Nach ihrem Studium – Geschichte und Literaturwissenschaft – arbeitete sie als Regie- und Produktionsassistentin im Filmgeschäft. Sie lebte in München und Australien, wo auch ihre ersten Krimis entstanden. Heute schreibt Manuela Martini insbesondere Thriller für Jugendliche. Inzwischen steht ihr Schreibtisch in Südspanien, wo sie mit ihren Hunden und Pferden auf einer Finca wohnt.

Manuela Martini

Sommerfrost

Arena

Für Franka und Julius,
Charlotte, Dennes und Steven

1. Auflage als Limitierte Sonderausgabe im Arena-Taschenbuch 2015

Umschlaggestaltung: Frauke Schneider
Umschlagtypografie: KCS GmbH · Verlagsservice & Medienproduktion, Stelle/Hamburg
Sondergestaltung: komm Design/achkomm.com/Würzburg
Gesamtherstellung: Westermann Druck Zwickau GmbH
ISSN 0518-4002
ISBN 978-3-401-50738-5

www.arena-verlag.de
Mitreden unter forum.arena-verlag.de
www.arena-thriller.de

EINS

Da war es wieder. Das Brummen. Mehr ein Dröhnen. Wie von einem fernen Motor. Eins, zwei, drei, vier – aus. Eins, zwei, zählte sie, Pause, dann wieder das Dröhnen. Eins, zwei – aus. Sie wartete, zählte, kam diesmal bis vier, dann fing es wieder an. Jedes Mal, wenn sie sich in den Schlaf fallen lassen wollte, schreckte sie hoch, bis sie Angst hatte einzuschlafen. Angst davor, endlich in die Schwerelosigkeit des Schlafes zu sinken. Jedes Mal riss das Dröhnen sie wieder wie an einer Halteleine zurück, hinderte sie, endlich nur noch zu schweben. Sie wartete, lauschte, sie zog die Bettdecke weit über die Ohren, verkroch sich darunter, doch auch das half nichts. Woher kam es nur? Was war es?

Eine Wasserpumpe wahrscheinlich, meinte ihre Mutter, die das Geräusch aber noch nicht einmal hörte. Eigentlich hörte es niemand. Nur sie. Seit vier Tagen. Ich darf nicht hinhören, sagte sie sich. Versuchte es. Aber da war es schon wieder, das Dröhnen. Nein, es ging nicht. Watte, dachte sie, ich muss mir Watte in die Ohren stopfen.

Sie schlug die Decke zurück, tapste barfüßig über die kalten Fliesen durch den Flur, an der offenen Schlafzimmertür ihrer Mutter vorbei, die tief und gleichmäßig atmete. Warum kann sie schlafen?, dachte Lyra und merkte, wie sie wütend wurde. Ihre Mutter ließ sie abends allein, wenn sie eingeladen war, und amüsierte sich auf Partys, von denen sie jedoch behauptete, sie seien überhaupt nicht oder zumindest nicht annährend so amüsant, wie Lyra sich das vorstellte. Ihre Mutter ging spät ins Bett, fiel sofort in bleiernen Tiefschlaf und stand am Morgen schrecklich gut gelaunt in Lyras Zimmer und posaunte: »Guten Morgen! Ein neuer, wunderbarer Tag, Lyra!«

Lyra hingegen konnte nicht einschlafen, träumte oft verrücktes Zeug und am Morgen fühlte sie sich wie gerädert. Und nun auch noch dieses Dröhnen. Das Leben war so ungerecht!

Im Bad vermied sie es, Licht anzuknipsen, da sie sonst nur noch wacher würde, zupfte im Dunkeln aus dem Behälter neben dem Spiegel ein paar Wattefetzen von den Pads zum Abschminken und stopfte sie sich in die Ohren. Wie Odysseus und seine Männer, dachte sie, die den Gesang der Sirenen nicht hören durften, weil sie sonst verloren gewesen wären. Letzte Woche hatten sie in Geschichte einen Test geschrieben und Lyra hatte sämtliche Daten und die Regierungszeiten irgendwelcher dämlichen Könige völlig durcheinandergeworfen. Wozu brauchte man das überhaupt? Wozu musste sie solche Sachen lernen, die doch jeder Erwachsene längst vergessen hatte? Und was nutzte der Geschichtsunterricht, wenn man keine Erkenntnisse für das eigene Leben daraus ziehen konnte? Das brachte einem die Schule natürlich nicht bei . . . Oder hatten die Lehrer etwa Rezepte parat, wie sie mit einer Mutter zusammenleben sollte, die sich schrecklich gesund ernährte, jeden Tag ins Fitness-Studio rannte und nicht kapieren wollte, dass ihre Tochter das ziemlich bescheuert fand? Und wussten die Lehrer etwa, ob Lyra es gut oder schlecht finden sollte, dass ihre Mutter einen Freund hatte, bei dem sie mehrmals die Woche übernachtete und Lyra allein ließ? Nein, für solche Themen gab es kein Schulfach.

So schrecklich diese schlaflosen Stunden waren, sie eröffneten Lyra einen glasklaren Blick auf die Dinge ihres Lebens.

Doch diese Tatsache half ihr wenig, wenn sie in drei Stunden aufstehen und einen ganzen, langen Schultag durchhalten musste.

Lyra drehte den Wasserhahn auf und trank einen Schluck, als sie innehielt und den Kopf schüttelte. Sie hatte doch tatsächlich vergessen, dass ja seit heute Ferien waren. Wieso nur war sie so durcheinander? Das verdammte Dröhnen musste daran schuld sein.
Sie ging wieder zurück in ihr Zimmer, schlüpfte ins Bett, zog die Decke über die Ohren und lauschte. Nur dumpfe Stille. Kein Dröhnen. Lag es an der Watte oder hatte der Motor – oder was immer diese Geräusche erzeugte – seinen Geist aufgegeben? Nein, da war nichts mehr. Endlich. Endlich konnte sie in ihr weiches Kissen sinken und sich in die süße Schwerelosigkeit des Schlafes fallen lassen.

»Lyra! Lyra, sag mal, bist du taub?«
Sie öffnete ihre Augen. Es war schon hell und das Gesicht ihrer Mutter schwebte über ihr. Warum sprach sie so leise? Nach ein paar Sekunden erinnerte sich Lyra an die Watte in ihren Ohren und nahm sie heraus.
»Hast du Ohrenschmerzen?« Sofort nahm die Stimme ihrer Mutter einen besorgten Tonfall an. Das konnte Lyra überhaupt nicht ausstehen.
»Nein.«
»Ich sag dir immer, dass du deine Ohren nach dem Schwimmen abtrocknen sollst.«
»Ich hab keine Ohrenschmerzen!« Warum konnte ihre Mutter sich *niemals* mit ihren Erklärungen zufriedengeben? Hörte sie ihr überhaupt zu?
»Und außerdem hab ich Ferien!«, protestierte Lyra.
Ihre Mutter seufzte, als habe sie alle Schuld der Welt auf ihren Schultern zu tragen. Die Mitleidstour ist also wieder angesagt, dachte Lyra und blinzelte in die Sonne, die nun, als ihre Mutter die Vorhänge zurückzog, grell ins Zimmer fiel. Die Rei-

se ins behaglich dunkle Traumland des Schlafs war endgültig vorüber.
»Warum weckst du mich? Ich habe Ferien!«
Ihre Mutter sah sie mit einem ihrer typischen, schrecklich ernsten Blicke an. »Du kennst doch Pia Hellmann.« Die Stimme ihrer Mutter klang plötzlich komisch.
Lyra zuckte die Schultern. »Ja, schon.«
Pia war in Lyras Parallelklasse, sie hatten nicht viel miteinander zu tun, trafen sich nur hin und wieder mal zufällig am Strand.
Ihre Mutter setzte sich auf die Bettkante.
»Stell dir vor, Pia ist gestern nach der Schule nicht nach Hause gekommen. Pias Eltern haben deswegen gestern Abend bei den Köhlers abgesagt.«
Lyra schockierte weniger die Nachricht als die Gesichtsfarbe ihrer Mutter. Kreidebleich war sie geworden, mit einem Stich ins Gelbe, das von ihrer Sonnenbräune kam.
»Vielleicht hat sie einen Freund.« Lyra hasste es, morgens schon mit Problemen belästigt zu werden.
Pia würde schon wieder aufkreuzen. Und was ging sie eigentlich Pia an?
»Aber dann hätte sie doch ihren Eltern Bescheid gegeben!«, sagte ihre Mutter.
Lyra zuckte wieder die Schultern.
»Sei doch nicht so gleichgültig!«, brauste ihre Mutter auf.
Lyra unterdrückte gerade noch ein weiteres Schulterzucken und gähnte nur. »Heute ist mein erster Ferientag! Das hättest du mir auch später sagen können!«
Ihre Mutter überhörte die Bemerkung. »Versprich mir, Herzchen, dass du nie wegbleiben würdest, ohne mich zu verständigen!« Sie hatte Lyras Hände in ihre genommen. Wie theatralisch ihre Mutter sein konnte.
Lyra zog ihre Hand weg, murmelte: »Ja, klar.«

Ihre Mutter sah sie weiter besorgt an und schüttelte den Kopf. »Ich meine es wirklich ernst, Lyra!«
»Ja, klar.« Lyra schlug schwungvoll die Decke zurück. Jetzt konnte sie sowieso nicht mehr schlafen. Um elf wollte sie mit Bea, Patrick und Oliver am Strand sein. »Ich muss ins Bad.«
»Lyra! Du musst mir immer die Wahrheit sagen! Das musst du mir versprechen! Hörst du?«, rief ihre Mutter ihr nach.
Sie führt sich wirklich albern auf!, dachte Lyra. »Jaaaaa! Versprochen!«, rief sie zurück und schloss geräuschvoll die Badtür. Pia würde schon wieder aufkreuzen. Davon abgesehen, kannte sie sie ja kaum und Lyra hatte genug eigene Probleme. Der Stress in der Schule, die Tatsache, dass ihre beste Freundin Bea alle Jungs um den Finger wickeln konnte, während sie sich immer nur wie eine Zuschauerin vorkam. Und Oliver, der offenbar Bea interessanter fand als sie. Was interessierte sie schon Pia Hellmann! Bestimmt würde ihr Pia heute am Strand über den Weg laufen. Dass ihre Mutter so leicht in Panik zu versetzen war!
»Und denk dran, dass heute Pablo kommt!«, hörte sie ihre Mutter noch rufen, bevor die Tür ins Schloss fiel.
Pablo, ihr Englischlehrer – den hatte sie ganz vergessen! Wieso konnte er nicht auch einfach Ferien machen? Er hatte an ihrer Schule, der Deutschen Schule in Marbella, früher Spanisch und Englisch unterrichtet. Seitdem er pensioniert war, gab er Nachhilfeunterricht. Er wusste genau, wie der Lehrplan aussah und was man lernen musste. Das war das Positive. Das Negative war, dass Pablo ziemlich streng und äußerst ungeduldig war und für vergessene Hausaufgaben keinerlei Verständnis aufbrachte. Doch jetzt wollte Lyra erst mal nicht an den Nachmittag denken.
Sie duschte, zog ihren Bikini an, darüber ein enges Top und ihren kurzen Rock. Die Haare brauchte sie bei der Hitze nicht zu

fönen. Sie konnte sich gar nicht mehr vorstellen, in Deutschland zu leben, wo es oft miese Sommer und nasskalte Winter gab. Und einen Strand gab es dort schon mal gar nicht. Ein Glück, dass ihre Mutter sich vor zehn Jahren entschieden hatte, nach Südspanien an die Costa del Sol zu ziehen.

Lyras Blick fiel auf die Uhr. Halb elf schon! Sie eilte in ihr Zimmer, um in die Strandtasche noch Handy und iPod zu werfen, als eine vertraute Melodie an ihre Ohren drang. Eine Flöte – vier aufsteigende Töne, dann ein Triller am Ende. Es war der Scherenschleifer. Jede Woche zog er durch das Gassengewirr der Altstadt. Lyra ging zum Fenster und blickte vom ersten Stock hinunter auf die Straße. Hier wohnten sie, seitdem sie hier waren, mitten in der spanischen Altstadt von Marbella, in einer engen Gasse, in einem restaurierten Stadthaus mit Dachterrasse.

Er sieht aus wie ein Hippie, sagte Lyras Mutter immer abfällig, wenn sie den Scherenschleifer sah. *Hippies* waren für sie alle, die Rastalocken, Sandalen und ausgewaschene, lässige Klamotten trugen. Manchmal dachte Lyra, dass ihre Mutter es eigentlich bedauerte, zur echten Hippie-Zeit in den Siebzigern zu jung gewesen zu sein – und jetzt mit vierzig zu alt dafür war.

Der Scherenschleifer stellte gerade sein Moped mit der Schleifmaschine auf dem Gepäckträger unter Lyras Fenster ab und blies wieder auf der Flöte. Die Tür des Nachbarhauses öffnete sich und die dicke Marta kam heraus, bewaffnet mit zwei langen, blitzenden Messern, die sie ihm entgegenstreckte. Er setzte den Motor des Mopeds in Gang und schärfte an der sich auf dem Gepäckträger drehenden Schleifscheibe die Klingen.

Zweimal schon wollte Lyra ihm die Küchenmesser bringen, doch jedes Mal hatte es ihre Mutter verboten. »Unsere Messer sind scharf genug, Lyra.«

»Was hast du nur gegen ihn?«, hatte Lyra gefragt.

»Ach, nichts. Er erinnert mich nur irgendwie an den Rattenfänger von Hameln.«

Lyra musste an diese schaurige Geschichte denken, als sie zu dem Scherenschleifer hinabschaute. An all die Kinder, die dem Flötenmann damals aus der Stadt hinaus gefolgt waren und niemals wieder zurückkehrten . . . In dem Moment sah der Scherenschleifer zu ihr hinauf. Die Sonne hatte seine Haut dunkelbraun gebrannt und seine Augen waren hell und blitzend. Sie spürte einen kalten Schauer über ihren Körper laufen. Schnell wandte sie sich vom Fenster ab, holte ihre Tasche und beeilte sich, zum Strand zu kommen.

ZWEI

Lyra entdeckte sie schon von Weitem. Bea, Oliver und Patrick lagerten hinter den Palmen, auf großen Handtüchern, zwischen einem blassen älteren Ehepaar, wahrscheinlich Touristen, und einer Gruppe spanischer Jugendlicher. Weiter weg waren die Sonnenschirme und Liegen, die man mieten konnte. Das Meer glitzerte hellblau und der Sand leuchtete gelb. Lyra musste unwillkürlich grinsen. Zwei Monate nur Sonne, Wasser und Strand! Sie war froh, dass ihre Mutter im Sommer nicht verreisen wollte, da sie in ihrem Büro Hochsaison hatte. Als Immobilienmaklerin war ihre Mutter vollauf beschäftigt. Viele Touristen und Ausländer kamen jetzt und wollten für ein paar Wochen oder Monate eine Wohnung oder ein Haus mieten.

Lyra hatte sich mit ihren Freunden an der Stelle hinter der Dusche verabredet, die einem Elefanten in Originalgröße nachempfunden war.

»Lyra!« Bea hatte sie entdeckt und winkte.

Lyra winkte zurück. Bea war ihre Freundin, ja, aber trotzdem ärgerte es Lyra, dass Bea schon wieder neben Oliver lag. Und neben Oliver lag Patrick, was also bedeutete, dass Lyra nicht neben Oliver liegen würde. Sie konnte einen Seufzer nicht unterdrücken.

Oliver hatte seine coole Brad-Pitt-Sonnenbrille auf die langen blonden Haare geschoben und aalte sich in der Sonne. Patrick war in ein Buch vertieft. Er war seit Jahren ein guter Freund von ihr und letztes Schuljahr hatte Lyra oft mit ihm zusammen ge-

lernt. Vielleicht könnte sie ja Patrick auf die andere Seite rutschen lassen, dann könnte sie doch neben Oliver liegen.
Lyra behielt ihre Flip-Flops an, als sie über den schon heißen Sand ging. Sie war sicher noch vier Schritte von ihren Freunden entfernt, als Bea ihr langes blondes Haar schüttelte und rief: »Lyra, weißt du schon, dass . . .«
»Ja, ich weiß«, schnitt ihr Lyra das Wort ab. Bea war eine echte Klatschtante. Es gab kaum etwas Schlimmeres für Bea, als wenn jemand anders zuerst eine Neuigkeit wusste.
»Ist das nicht furchtbar?« Bea setzte sich auf. Sie trug einen Bikini, den Lyra noch nicht kannte. »Pia ist verschwunden!«
»Glaubt ihr, es könnte ihr etwas zugestoßen sein?«, fragte Lyra Oliver und Patrick, die bäuchlings liegen blieben.
»Wenn sie einen Unfall gehabt hätte, dann hätte man es ja gleich erfahren.« Patrick stützte sich auf den Unterarm und blinzelte in die Sonne. Er war schon ziemlich braun. Seine dunklen Locken waren nass. Sicher war er gerade im Wasser gewesen.
»Patrick hat recht!« Bea nickte und cremte ihr Gesicht sorgfältig mit Sonnenmilch ein. »Vielleicht ist sie ertrunken?«
Lyra sah auf das blaue Meer hinaus, das heute so ruhig und harmlos wirkte. Sie dachte an die stürmischen Tage, wenn die Wellen sich tosend vor dem Strand brachen, weiß-graue Gischt auf den Wellenkämmen schäumte und die Wucht der Wogen große Teile des Strandes wegriss. Selbst wenn man sich an solchen Tagen nur bis zu den Knien ins Wasser wagte, zog die Strömung einen sofort hinaus.
»Aber wir hatten keinen Sturm, Leute!«, meinte Oliver und rückte die Sonnenbrille auf seinem Haar zurecht.
»Und wenn sie mit jemandem mitgegangen ist? Vielleicht ist sie in ein Auto eingestiegen«, überlegte Lyra.
Bea zuckte die Schultern und drehte die Sonnencremeflasche zu. »Also, da wäre sie ja echt blöd!«

»He, Bea, du bist doch auch schon bei jemandem ins Auto gestiegen«, sagte Patrick.
»Ich?« Bea schüttelte ihr Haar. »Nur zu Leuten, die ich kenne.«
»Siehst du. Wer sagt dir denn, dass Pia denjenigen oder diejenige nicht auch gekannt hat?«, fragte Patrick.
»Stimmt«, gab Lyra ihm recht. »Das hört man doch immer wieder, dass bei Verbrechen der Mörder aus dem Familien- oder Bekanntenkreis des Opfers kommt.«
Bea verdrehte die Augen. »Das sagen sie in jedem Fernsehkrimi, ich weiß.«
»Ihr habt vielleicht eine blühende Fantasie!« Oliver gähnte. »Ich finde auch, wir sollten nicht gleich das Schlimmste denken. Sie taucht bestimmt bald wieder auf«, sagte Lyra. Sie hatte ihr Handtuch neben Patrick ausgebreitet und legte sich hin. Oliver warf ihr nur einen müden Blick unter seinen blonden langen Haaren zu. Lyra ärgerte sich.
»Vielleicht ist sie ja entführt worden?«, redete Bea unbeirrt weiter. »Ihre Eltern sind ja nicht gerade besonders arm. Wenn ich an die Riesenvilla und die drei dicken Autos denke. Mal fährt ihre Mutter sie im BMW-Cabrio zur Schule, mal in so einem bulligen . . .«
»X5!«, warf Oliver dazwischen.
»Meinetwegen, und dann haben sie noch einen blauen . . .«
»Jaguar XJ 3.0«, unterbrach sie Oliver.
»Da ist sicher Geld zu holen!«, beharrte Bea.
»Dann hätten sich die Entführer doch schon längst gemeldet und Lösegeldforderungen gestellt«, gab Lyra zu bedenken.
Bea schüttelte heftig den Kopf. »Nein, das dauert immer. Im Fernsehen lassen sie die Eltern immer erst mal schmoren. Dann sind sie nämlich eher bereit, alles, was die Entführer verlangen, zu zahlen!« Bea biss sich auf die Lippen. »Wenn Pia . . . das wäre . . . unvorstellbar!«

»Was quatschst du für ein dummes Zeug!«, sagte Oliver. »Bestimmt hat sie einfach mal von zu Hause Urlaub gebraucht. Ihre Eltern würden mich total nerven.«
»Welche Eltern nerven nicht!«, meinte Patrick. »Aber deshalb haut man ja nicht gleich ab, oder?«
»Patrick hat recht. Und außerdem, wohin sollte Pia denn gehen?« Lyra konnte sich nicht vorstellen, wo *sie* ihren dringenden Urlaub von ihrer Mutter nehmen sollte. In Deutschland?
»Vielleicht hat sie eine Affäre am Laufen«, setzte Oliver das Gedankenspiel fort.
Bea stieß einen spitzen Schrei aus. »DIE?«
Oliver zuckte die Schultern. »Warum denn nicht?«
»Pia ist doch viel zu kindlich!« Bea schüttelte ihr Haar und richtete ihren Oberkörper noch weiter auf.
Blöde Kuh, dachte Lyra, das macht sie nur, damit Oliver auf ihren Busen glotzt!
»Stille Wasser sind tief«, bemerkte Patrick grinsend, »sagt meine Oma.«
Bea verdrehte die Augen und stöhnte. »Immer diese Sprüche. Pia hatte auf unserer Schule keinen Freund, das hätte man ja wohl mitgekriegt. Oder nicht?« Fragend schaute sie in die Runde.
Lyra musste ihr zustimmen. »Wer-mit-wem« sprach sich in der Schule immer sehr schnell herum. Es war fast unmöglich, so etwas geheim zu halten. Und Bea gehörte zu denen, die jede Neuigkeit zuerst erfuhren. Kaum wusste sie etwas, hatte sie auch schon das Telefon in der Hand.
»Also, ich sage euch, da ist etwas passiert, hundertpro«, sagte Bea.
Oliver winkte ab. »Du *willst,* dass etwas passiert ist, Bea. Das ist ein kleiner Unterschied.«
»Genau«, pflichtete ihm Patrick bei.
»Was denkt ihr nur von mir?« Bea schlug sich in übertriebener Geste die Hand auf die Brust.

»Nur das Beste.«
Oliver grinste und Patrick schloss sich ihm an.
Lyra überfiel plötzlich ein merkwürdiges Gefühl. Als legte sich ein schweres dunkles Tuch über sie. Sie riss die Arme nach oben, als müsse sie dieses Tuch loswerden, das sie langsam erstickte. »Hört doch auf damit! Hoffen wir, dass Pia bald auftaucht«, sagte sie. Das Tuch war wieder verschwunden.
»Gut, wir werden ja sehen, was passiert. Sollen wir eine Wette abschließen?« Bea blickte herausfordernd in die Runde.
»Du spinnst doch! Um so etwas wettet man nicht«, sagte Patrick und streckte sich auf seinem Handtuch aus.
»Das wäre geschmacklos.« Oliver gähnte und machte wieder die Augen zu.
Bea zuckte mit der rechten Schulter. »Dann eben nicht. War nur so eine Idee. Manchmal seid ihr schrecklich spießig.« Sie zog ihr Handtuch zurecht und legte sich auf den Rücken.
Lyra betrachtete die drei, wie sie bewegungslos in der Sonne lagen. Warum war ihr nur auf einmal so flau im Magen? Vielleicht hätte sie doch frühstücken sollen. Oder war es die Hitze? Aber die war sie doch gewöhnt. Was war nur los mit ihr? Pias Verschwinden beunruhigte sie immer mehr. Seltsam, dabei kannte sie sie doch kaum. Du hast Ferien, sagte sie sich, jetzt entspann dich mal! Lyra streckte sich auf ihrem Handtuch aus.
Nach einer Weile richtete sich Bea mit einem Schrei auf. »Mein Gott! Mir fällt da was ein!«
»Schon wieder?«, sagte Oliver gelangweilt.
Bea ignorierte seine Bemerkung. »Bei uns macht jede Woche so ein Typ mit seinem Moped die Runde. Zuerst hab ich gedacht, das ist ein Witz oder die drehen gerade einen historischen Film. Aber er schleift tatsächlich Scheren und Messer! Ja, so was gibt's echt noch! Und jetzt kommt das Beste.« Sie hielt die Luft an und blickte triumphierend in die Runde.

»Komm schon, Bea, spann uns nicht auf die Folter!«, drängte Oliver.
»Ich habe Pia ab und zu beobachtet, wie sie mit diesem Scherenschleifer geredet hat.«
Lyra merkte, wie ihr trotz der Hitze ein Schauer über den Rücken lief. Der Scherenschleifer. Der war ihr heute Morgen doch auch aufgefallen. Warum eigentlich?
Bea blies sich eine Strähne aus dem Gesicht. »Meint ihr, wir sollten es der Polizei sagen?«
»Du tickst wohl nicht richtig!« Oliver stützte sich auf die Ellbogen und schüttelte den Kopf. »Nur, weil die miteinander geredet haben? Was hast du denn gegen den Typen?«
»Ich?« Bea zeigte auf ihre Brust. »Überhaupt nichts. Aber er hat etwas ... etwas Unheimliches. Und wenn Pia mit ihm was hatte, sollte man ihn vielleicht mal vernehmen.«
»So was Blödes«, sagte Patrick.
»Wieso?« Bea sah ihn herausfordernd an und schüttelte ihr Haar, wie schon zum millionsten Mal an diesem Tag.
»Ach, weil er total harmlos ist«, antwortete Oliver an Patricks Stelle und strich sich eine lange blonde Strähne aus der Stirn. »Er kifft ab und zu und schiebt sein Moped durch die Gegend. Macht ein paar Euro mit diesem dämlichen Scherenschleifen. Das ist alles.«
Patrick nickte. »Du bist ganz einfach hysterisch, Bea!«
»Idiot!« Bea wandte sich an Lyra. »Weißt du, die meisten Menschen sehen nicht richtig hin. Wenn man sie fragt, ob jemand einen Schnurrbart oder eine Brille hat, können sie sich nicht mehr daran erinnern. Jeder behauptet dann etwas anderes. Aber wenn ich jetzt darüber nachdenke, ob Pia etwas mit dem Scherenschleifer hatte, dann werde ich immer sicherer. Ja, da war etwas Besonderes in ihrem Umgang miteinander.«
»Dr. Psycho Bea Hochstätter!«, höhnte Oliver.

Patrick lachte.
»Ihr seid blöd.« Bea schüttelte ihre Mähne. »Jungs haben von Psychologie null Ahnung! Stimmt's Lyra?« Bea sah Lyra Beifall heischend an.
»Ist was? Du siehst auf einmal so komisch aus.«
Alle sahen sie an. Endlich würdigte auch Oliver sie eines längeren Blickes. Wieso sah sie komisch aus? Sie konnten doch nicht sehen, dass sie innerlich zitterte und sich zusammenreißen musste, weil ihr übel war. Sie wusste selbst nicht, was plötzlich mit ihr los war.
»Was soll denn sein?« Lyra kramte den iPod aus ihrer Tasche, steckte sich die Kopfhörer ins Ohr und legte sich wieder hin. Bestimmt würde es ihr gleich besser gehen.
Patrick rüttelte leicht an Lyras Schulter. Er hielt eine Chipstüte in der Hand. Sie wollte nicht mehr an Pia denken. Ganz bestimmt würde sich alles aufklären. Dankbar griff sie in die Tüte und schob sich schnell ein paar Chips in den Mund.
Um halb zwei war es am Strand unerträglich heiß geworden. Ihre Freunde gingen dann immer nach Hause, weil ihre Mütter um zwei Uhr das Mittagessen fertig hatten. Alle Mütter – außer Lyras!
»Kannst gern mit zu uns kommen.« Patrick klopfte sich den Sand von den Shorts. »Meine Mutter hat Tacos gemacht. Und darin ist sie echt eine Meisterin.«
»Danke!«, sagte Lyra. »Aber ich kann nicht. Ich hab Nachhilfe.« Unwillkürlich verzog sie das Gesicht zu einer Grimasse. Auf Pablo und seine Grammatikübungen hatte sie gerade überhaupt keine Lust.
»Du Ärmste«, meinte Patrick.
Lyra seufzte. »Ich muss mich beeilen.« Sie winkte den anderen zu und stieg widerwillig die Treppen zur Promenade hinauf.

DREI

Der Heimweg führte Lyra an gut besetzten Cafés und Restaurants vorbei. Der Gedanke an Pia und den Scherenschleifer ließ sie nicht los. Sie fühlte sich, als würde sie vor einer verschlossenen Tür stehen, von der sie wusste, dass in dem Raum dahinter ein Geheimnis oder eine schreckliche Wahrheit lauerte. Nur hatte sie keine Ahnung, *was* für eine Wahrheit das sein konnte.

Blödsinn, Lyra, sagte sie sich, wahrscheinlich liegt es an der Flötenmelodie, die hat so was Schauerliches. In diesem Moment blieb sie mit ihren Flip-Flops irgendwo hängen und stolperte. Es ging blitzschnell, sie war schon im Fallen, als sie ein fester Griff am Handgelenk vor einem schmerzhaften Sturz bewahrte.

»Hoppla!« Ein Mann hielt ihren Arm fest und lächelte sie an.

»Perdón!«, brachte sie hervor und sah den Mann dankbar an. Er war gerade noch rechtzeitig von seinem Stuhl an dem kleinen Tisch aufgesprungen, um ihr zu helfen. Jetzt erst fiel ihr auf, dass er *Hoppla* gesagt hatte – ein deutsches Wort.

»Danke«, sagte sie also. Wie peinlich die Situation war!

»Ah, du sprichst Deutsch! Darf ich Du sagen?«

Wer war er? Ein Tourist? Er trug ein weißes Poloshirt mit hochgestelltem Kragen, tarnfarbene Bermudas und war sonnengebräunt.

»So alt bin ich nun ja auch wieder nicht«, antwortete sie.

Er strahlte sie an. »Nein! Ich heiße Leander.«

Sie betrachtete ihn näher. Ein bisschen ähnelte er Oliver, mit seinem blonden, längeren Haar und der Sonnenbrille darauf.

Aber er sah viel besser und viel erwachsener aus. Bea wäre ganz schön neidisch ...

»Ich heiße Lyra. Ich weiß auch nicht, ich bin über irgendwas gestolpert!« Sie sah sich um, konnte aber weder einen Stein noch eine lose Bodenplatte oder irgendetwas anderes Verdächtiges finden.

Er winkte ab. »Passiert halt mal. Darf ich dich auf ein Getränk einladen?«

Am liebsten hätte sie Ja gesagt. Warum musste Pablo ausgerechnet heute kommen? »Ich muss leider ...«, fing sie an.

Er ließ sie gar nicht ausreden. »Zehn Minuten?«

Wie er sie anlächelte! Zehn Minuten? Ja, das schaffte sie locker!

»Okay.« Sie nickte und lächelte zurück. Lächle nicht so viel, sagte sie sich. Er muss ja nicht gleich merken, dass du ihn gut findest!

Er schob ihr den Stuhl zurecht. Sie fühlte sich wie eine richtige Frau. Oliver oder Patrick hätten so was niemals getan! Wenn Bea sie jetzt sehen könnte!

»Was möchtest du trinken?«, fragte er.

»Eine Cola.«

Leander bestellte beim Kellner zwei Colas. Sein Spanisch hörte sich etwas unbeholfen an. Machte er hier Urlaub?

»Machst du hier Ferien?«, fragte er sie in diesem Moment.

Die blonden Haare auf seinen Armen schimmerten golden, stellte Lyra fest. »Äh ... nein, ich wohne hier und du?«

»Ich wohne auch hier, ich bin erst vor Kurzem hierhergezogen. Aber – du kommst mir irgendwie bekannt vor.« Er rückte ein wenig zurück und betrachtete sie.

»Ach ja?«, sie versuchte, lässig zu klingen, aber sie hatte das Gefühl, einen knallroten Kopf zu haben. Sollte sie ihm sagen, dass er ihr auch bekannt vorkam, dass er ein bisschen aussah wie Brad Pitt in einem der Filme, in denen er längeres Haar trug ...?

»Ja!« Er nickte, sah sie noch eine Weile versonnen an und lächelte dann wieder. »Was macht man hier so in seiner Freizeit? Du hast doch jetzt Ferien, oder?«, fragte er und ließ einen Eiswürfel aus dem Glas in seinen Mund gleiten. Er hatte ein niedliches Grübchen am Kinn.

»Kommt drauf an. Ich gehe gern an den Strand.« Obwohl sie großen Durst hatte, konnte sie an ihrer Cola vor Aufregung nur nippen.

»Ja, der Strand!« Er streckte seine Beine aus und drehte sein Gesicht in die Sonne. »Das gefällt mir hier. Ich gehe auch gern an den Strand, wenn ich Zeit habe.«

»Arbeitest du hier?«, fragte sie.

»Ja, in einem Restaurant.«

»Bist du Koch?«

»Erraten!«

Wie Jamie Oliver, fiel ihr ein, dieser englische Koch, den ihre Mutter *so süß* fand. Sie räusperte sich, wusste nicht, ob sie es wagen konnte, diese Frage zu stellen. Doch dann tat sie es doch:

»Bist du allein hierhergekommen?«

Er lachte. Lyra hätte sich ohrfeigen können vor. Wie peinlich!

»Entschuldigung«, murmelte sie. Sie hätte sich gar nicht einladen lassen sollen. Wer weiß, was er jetzt von ihr dachte.

Er wurde ernst. »Nein, ich habe nicht über deine Frage gelacht, sondern weil ich eigentlich mit meiner Freundin hier nach Spanien kommen wollte und dann hat sie mit mir Schluss gemacht.«

»Oh.« Nun hatte sie auch noch seinen wunden Punkt getroffen. Bravo, Lyra! Mal wieder voll ins Fettnäpfchen getreten!

»Na ja.« Er sah wieder in die Sonne. »Es war besser so. Wir haben nicht zusammengepasst.«

Lyra trank einen Schluck Cola und wartete darauf, dass er weitersprach, aber er schien weit weg mit seinen Gedanken. Und sie war daran schuld, weil sie ihn an seine gescheiterte Beziehung erinnert hatte.

»Ich muss los.« Lyra stand auf. Sie hatte zwar noch etwas Zeit, aber sie hatte das Gefühl, dass es besser war zu gehen.

Jetzt erst nahm er sie wieder wahr. »Aber deine Cola!«

Sie schüttelte den Kopf.»Ich hab keine Zeit mehr.«

»Schade. Vielleicht sehen wir uns ja mal am Strand?«

»Ja, vielleicht.« Lyra versuchte, sich die Freude nicht anmerken zu lassen. »Und danke für die Cola.«

»Gern geschehen.«

Eine Sekunde lang überlegte sie, ihn nach seiner Handynummer zu fragen, aber als er nicht nach ihrer fragte, ließ sie es sein. Auf gar keinen Fall wollte sie noch aufdringlicher sein. Ihr Sturz war schon peinlich genug und dann auch noch die Erinnerung an seine Freundin.

»In welchem Restaurant arbeitest du eigentlich?«, platzte es dann doch noch aus ihr heraus.

Verwirrt sah er sie an. Wahrscheinlich war er in Gedanken gerade wieder bei seiner Freundin. »Was?«

»Das Restaurant, wie heißt es, vielleicht kenne ich es ja?«

»Oh, es ist ein schwedisches Restaurant, ich weiß nicht, ob du dort hingehen würdest. *Beddinge,* es heißt *Beddinge.«*

»Nee, kenn ich wirklich nicht«, musste sie zugeben. Aber er lächelte wieder. Gut gemacht, Lyra, sagte sie zu sich. Leander ist wieder besserer Stimmung und ich weiß, wo er arbeitet. Ihre Wangen glühten nicht nur von der Hitze, als sie im Eiltempo nach Hause ging.

Als sie die Tür aufschließen wollte, wunderte sie sich, dass sie offen war. Ihre Mutter war also doch zu Hause.

»Schon da?«, fragte Lyra und warf ihre Strandtasche auf die Couch.

Ihre Mutter stand in ihren Fitness-Klamotten in der Küche und stopfte gerade eine Banane in den Mixer. »Du sollst doch die sandige Strandtasche nicht auf die Couch legen!«
Lyra tat, als hätte sie es nicht gehört. Jetzt ging das wieder los, das ewige Rumgenörgel ihrer Mutter.
»Zwei Kunden haben ihren Termin verschoben. Und da war ich noch kurz im Fitness-Studio. Aber sag mal, was hast du diesmal für nervige Musik draufgespielt!« Ihre Mutter deutete ärgerlich zum iPod auf dem Tisch.
»Wieso?« Lyra versuchte einen unschuldigen Augenaufschlag.
»Du weißt genau, dass ich dieses Geschrei *grauenhaft* finde!«
Lyra zog eine Grimasse. Richtig, sie hatte ihrer Mutter absichtlich Tokio Hotel heruntergeladen, die mochte ihre Mutter nämlich überhaupt nicht.
»Wirklich? Na gut, nächstes Mal kriegst du Julio Iglesias oder wie hieß der noch, der mit der Brille – Heino?«, sagte Lyra. Ihre Großmutter hatte eine Uraltplatte von ihm.
»Ich wünsche dir auch mal so eine Tochter, wie du es bist, Lyra! Die dich dann mit dem alten Brad Pitt aufzieht! Hast du was Neues von Pia gehört?«
Der Mixer dröhnte so laut, dass Lyra schreien musste: »Nein!« Gab es vielleicht noch ein anderes Thema als Pia? Da kam irgendjemand einmal nicht nach Hause und schon interessierten sich alle für ihn!, dachte Lyra und merkte, wie ihre Laune von Minute zu Minute schlechter wurde. Und dann musste sie ausgerechnet heute auch noch Nachhilfe haben.
»Ich hab dir was mit gemixt«, rief ihre Mutter aus der Küche.
»War kaum zu überhören«, murrte Lyra. Ihr Blick ging zur Küchentheke, auf der ein großer Becher milchig grüner Flüssigkeit stand. »Bääh, Avocado . . .«
»Ich weiß nicht, was du plötzlich gegen Avocados hast. Die hast du doch immer gemocht? Avocados sind squalenreich – und

außerdem redet man nicht so übers Essen!«, wies ihre Mutter sie zurecht.
»Ich hab keinen Hunger – und kannst du nicht mal was Normales machen? Hamburger oder Pommes?«, stöhnte Lyra.
»Aber Lyra, andere wären froh, wenn sie . . .«
Lyra hörte nicht mehr zu, nahm ihre Strandtasche von der Couch, die dort tatsächlich einen kleinen Sandhaufen hinterlassen hatte, und ging nach oben. Der Gesundheitstick ihrer Mutter ging ihr so was von auf die Nerven! Warum mussten ihr alle die Ferien vermiesen? Ihr blöder Nachhilfelehrer würde in zehn Minuten da sein und dann hatte sie auch noch die Begegnung mit Leander vermasselt – sonst hätte er sie doch bestimmt nach ihrer Telefonnummer gefragt. Der Tag war verdorben.
Sie stellte sich rasch unter die Dusche, zog ein Sommerkleid an und wollte gerade in ihrem Zimmer den Ordner mit den Englischübungen aus dem Regal nehmen, als ihre Mutter von unten rief: »Lyra! Komm doch mal!«
Sie tat einfach, als habe sie nichts gehört. Sollte ihre Mutter doch hochkommen. Warum sollte Lyra immer sofort springen?
»Lyra!« Ihre Mutter stand im Türrahmen mit dem Telefon in der Hand. »Pablo kommt heute nicht. Seine Frau hat gerade angerufen. Er hat wohl einen Virus aufgeschnappt. Ihm ist schwindlig und er hat Fieber.«
»Super!«, rief Lyra erfreut und ihre Mutter sah sie tadelnd an.
»Ist es denn was Schlimmes?«, fragte sie mit gespielt besorgter Miene.
»Der Arzt ist noch da. Er hat Pablo verboten, den Unterricht zu halten.«
Typisch Pablo! Lyra stöhnte innerlich, wenn sie an seine eiserne Selbstdisziplin dachte, die er auch von all seinen Schülern erwartete.

Ihre Mutter seufzte. »Tja, wir werden wohl einen Ersatz finden müssen.«

Mist!, dachte Lyra. »Vielleicht sollten wir noch warten, was der Arzt rät«, sagte sie und hoffte auf wenigstens zwei freie Wochen. Der Blick ihrer Mutter verriet, dass sie Lyra durchschaute.

»Ich weiß nicht, ob wir uns das leisten können, so lange kein Englisch zu lernen, Lyra?«

Wenn ihre Mutter in der Wir-Form sprach, meinte sie es meistens ziemlich ernst.

»Ist doch noch ewig Zeit. Die Ferien haben ja gerade erst angefangen«, erwiderte Lyra und setzte ein zuversichtliches Lächeln auf.

»Wir werden sehen«, sagte ihre Mutter und wandte sich zum Gehen.

Lyra schnitt hinter dem Rücken ihrer Mutter eine Grimasse. Sie hatte es satt, wie ein Kind behandelt zu werden. Da fiel ihr plötzlich wieder Leander ein. Leander – was für ein poetischer Name. Und vielleicht hatte sie sich ja doch nicht so ungeschickt angestellt. Aber sie würde niemandem davon erzählen. Diese Begegnung gehörte ihr ganz allein – und Leander . . .

Unten klingelte das Telefon. Hoffentlich war das nicht Pablo, der ganz plötzlich wie durch ein Wunder geheilt war!

»Ja? Nein, wirklich nicht!«, hörte sie ihre Mutter sagen. »Wenn wir irgendwas tun können . . .«

Wer war das? Klang nicht nach Pablo. Erleichtert stieg Lyra die Treppe hinunter. Endlich legte ihre Mutter auf. Lyra sah sie neugierig an.

»Pia ist immer noch nicht zu Hause«, sagte ihre Mutter bestürzt. Lyra war sich so sicher gewesen, dass Pia heute wieder auftauchen würde. Doch allmählich machte sich auch bei ihr ein unangenehmes Gefühl breit.

»Mach dir keine Sorgen, Mama, was soll denn schon passiert

sein?«, versuchte sie ihre Mutter zu trösten. Im selben Moment merkte sie, dass das genau der falsche Satz gewesen war.
Ihre Mutter sah sie ernst an. »Es kann eine ganze Menge passieren da draußen, Lyra.«
Wie hatte sie nur so etwas Dummes sagen können?
»Ja, ich weiß«, sagte Lyra leise und schlang die Arme um den Hals ihrer Mutter. Eine Weile standen sie so da, ohne zu reden. Aber Lyra wusste, dass sie beide an das dachten, was vor zehn Jahren geschehen war. An die Katastrophe, die damals über sie hereingebrochen war und die ihr ganzes Leben verändert hatte.
Nach einem schweigsamen Abendessen war Lyra früh zu Bett gegangen. Lange lag sie wach, lauschte in die Dunkelheit und wartete auf das Dröhnen, aber es kam nicht. Endlich schlief sie ein. Doch plötzlich schlich sich ein Gesang in ihre Träume.
»Schlaf, meine Lyrali, schlaf ein, du musst keine Angst haben, schlaf ein, Lyrali, schlaf ein . . .«
Sie kannte den Gesang. Sie kannte die Stimme. Irgendwoher.

VIER

Als Lyra spät am nächsten Morgen aufwachte, schien sie noch immer das Lied zu hören. Woher kannte sie es nur? Es hatte so nah geklungen, gar nicht wie in einem Traum. Lyra blinzelte. Die Sonnenstrahlen, die durch die Vorhangritze fielen, verscheuchten ihre trüben Gedanken. Es war ihr zweiter Ferientag! Und Pablo war krank! Lyras Stimmung hellte sich schlagartig auf. Sie ging hinunter in die Küche, um einen Orangensaft zu trinken und ein paar Cornflakes zu essen. Da sah sie den Zettel auf der Küchentheke.

Komm doch um zwei ins Büro, dann gehen wir was essen, Mama

Lyra wusste nicht recht, ob sie dazu Lust hatte. Aber wenn ihre Mutter schon mal was mit ihr machen wollte, sollte sie sie nicht vor den Kopf stoßen.

Sie aß ihre Cornflakes und wollte die Schüssel in die Spülmaschine stellen, doch darin stand noch das saubere Geschirr. Lyra hatte nicht die geringste Lust, sie auszuräumen. Sie stellte die Schüssel einfach in die Spüle, obwohl sie wusste, dass ihre Mutter das überhaupt nicht mochte. Im Sommer waren sofort die Ameisen da, wenn etwas Süßes herumstand. Egal, dachte sie, rannte in ihr Zimmer, holte ihre Badesachen und verließ das Haus.

Schon jetzt um halb elf war es brütend heiß. Sie lief durch die Gassen der Altstadt in Richtung Strand. Vielleicht sehe ich ja Leander wieder, dachte sie und schlenderte, Ausschau nach ihm haltend, an den Touristen und Einheimischen vorbei, die in den Cafés der Altstadt saßen oder bereits ihren Geschäften nachgingen.

Auf einmal hatte sie das merkwürdige Gefühl, beobachtet zu

werden. Sie blieb vor einem Schaufenster stehen und tat so, als betrachte sie die Auslage des Schmuckladens. Sie konnte förmlich die Blicke spüren, die sich in ihren Rücken bohrten. Aus den Augenwinkeln heraus und im spiegelnden Fensterglas versuchte sie, jemand Verdächtiges zu entdecken.
Der Scherenschleifer kam ihr in den Sinn. Aber er wäre ihr ganz bestimmt aufgefallen. Und wieso sollte er sie beobachten? Trotzdem, die Geschichte mit dem Rattenfänger von Hameln ging ihr nicht aus dem Kopf. Lyra, du spinnst, sagte sie sich und ging weiter. Nein, da war niemand. Sie hatte sich das nur eingebildet. Gedankenversunken bahnte sie sich ihren Weg durch die Menschenmenge, als ein großer Schatten vor ihr auftauchte. Erschrocken sah sie auf.
Die dicke Marta aus ihrer Straße hatte sich vor ihr aufgebaut. Sie musste aus dem Wäschegeschäft gekommen sein, denn sie trug auf ihrem Arm in Folie verpackte Kleider. Ihre Schweinsäuglein funkelten Lyra böse an.
»Sag deiner Mutter, sie soll ihr Auto nicht gegenüber von meiner Garage parken. Beim nächsten Mal rufe ich den Abschleppdienst!« Martas Doppelkinn wabbelte, ihre Haut war rot und fleckig, wie immer, wenn sie sich ärgerte, und sie ärgerte sich über fast alles. Irgendwann fällt sie bei einem Streit tot um, prophezeite ihre Mutter jedes Mal.
Lyra zuckte die Schultern. Sie war in der richtigen Stimmung, sich mit der Nachbarin anzulegen. »Gegenüber ist aber kein Parkverbot. Tut mir leid.« Sie lächelte besonders freundlich und ließ Marta einfach stehen.
»Wartet nur ab, ich rufe den Abschleppdienst! Sag das deiner Mutter! Sie soll gefälligst ihren Wagen woanders parken!«, rief ihr Marta noch drohend hinterher.
»Halt die Klappe, fette Qualle!«, murmelte Lyra und war froh, dass ihre Mutter das nicht hören konnte.

Bevor Lyra auf die Strandpromenade bog, drehte sie sich noch einmal um. Außer Martas dickem Hinterteil war nichts Auffälliges zu sehen. Das mit dem Verfolger muss ich mir eingebildet haben, dachte sie und lief schnell weiter.
Glitzernd breitete sich das Meer vor ihr aus, der Strand lockte mit seinem feinen Sand. Ein wunderbarer Ferientag wartete auf sie. Und den wollte sie genießen.
Lyras Freunde lagen am selben Platz wie gestern.
»Pia ist immer noch nicht wieder aufgetaucht«, sagte Bea, während sie sich mit Sonnenschutzmittel einsprühte. »Meine Mutter ist schon ganz hysterisch.«
»Meine auch!«, stimmte Lyra zu. »He, rutsch doch mal«, sagte sie und stieß Patrick an. Patrick brummte zwar, rutschte dann aber etwas zur Seite, sodass sie sich zwischen ihn und Oliver legen konnte. Sie drehte sich auf ihrem Handtuch auf den Bauch und sah zu den Cafés auf der Promenade. War das dahinten am Postkartenstand nicht Leander? Der Typ sah ihm wirklich ähnlich.
»Wen hast du denn in Augenschein genommen?« Patrick sah in dieselbe Richtung wie sie. »Den da, der sich gerade umdreht?«
»Quatsch.«
Doch, genau den, hätte sie sagen wollen. Es war Leander. Er suchte eine Postkarte aus. Sicher wollte er seiner Exfreundin eine schicken, um ihr zu zeigen, wie schön es hier war. Vielleicht hoffte er ja, dass sie dann zu ihm zurückkäme.
Am liebsten wäre sie jetzt zu ihm hingegangen und hätte ganz lässig Hallo gesagt. Aber das war unmöglich! Ihre Freunde würden sie sicherlich beobachten und vor Aufregung wäre sie bestimmt wieder gestolpert oder hätte sich verhaspelt.
»Wär eh zu alt für dich!«, sagte Patrick und setzte sich auf. »Kommst du mit ins Wasser?«
»Später!«, antwortete Lyra.

»Warum gehen Mädchen eigentlich immer so ungern ins Wasser?«, wandte sich Patrick an Oliver.
»Keine Ahnung, frag sie doch selber«, gab Oliver träge zur Antwort.
»Und?« Patrick sah erst Lyra und dann Bea an.
Bea zuckte die Schultern. »Blöde Frage. Keine Ahnung. Ich hab mich gerade eingecremt.«
»Das Zeug ist doch wasserfest«, entgegnete Patrick.
»Wir gehen nicht gern mit euch zusammen baden, weil ihr immer total kindisch seid«, sagte Lyra. »Entweder schmeißt ihr uns ins Wasser, spritzt uns nass oder taucht uns unter. Das ist einfach supernervig. Sonst noch Fragen?«
Patricks Lächeln verschwand.
»Da hast du's gehört«, sagte Oliver und grinste. »Endlich mal eine klare Ansage – ich hasse Leute, die immer nur um den heißen Brei reden.«
Lyra hatte das Gefühl rot zu werden. Das war zwar nicht besonders charmant formuliert, aber aus Olivers Mund klang es anerkennend. Vielleicht gab es für sie ja doch noch eine Chance bei ihm?
»Seht mal!« Patrick deutete aufs Meer. Ein Wasserskiläufer flog über die Wellen. »Nächstes Wochenende könnten wir nach Tarifa zum Surfen fahren. Wie wär's?«
Patricks Eltern besaßen eine Ferienwohnung direkt am Atlantik. Lyra dachte an die weiten feinsandigen Strände und die vielen coolen Strandbars. Aber ihre Mutter erlaubte bestimmt nicht, dass sie mit Patrick und seinen Eltern dorthin fuhr. Obwohl sich ihre Mutter sonst immer total modern gab, war sie in manchen Dingen ziemlich ängstlich.
»Meine Eltern sind bestimmt froh, wenn sie mich mal los sind!«, sagte Bea.
Oliver nickte zustimmend.

»Ich darf bestimmt nicht«, stöhnte Lyra.

»Bist du sicher?«, fragte Patrick.

Lyra seufzte. »Leider ziemlich sicher. Sie hat immer Angst, dass etwas passieren könnte.«

»Durch die Sache mit Pia ist meine Mutter auch ängstlicher geworden«, pflichtete ihr Bea bei. »Ich muss auch dauernd an Pia denken. Warum unternimmt denn die Polizei nichts?«

»Natürlich unternimmt die was«, sagte Oliver. »Die sagen nur nichts.«

»Und warum nicht?«

»Das weißt du doch! Um die Ermittlungen nicht zu gefährden!«, erwiderte Oliver und gähnte.

»Hey, hört mal, ich hab da eine Idee!«, sagte Bea plötzlich aufgeregt.

»Da bin ich aber gespannt!« Patrick gähnte auch.

Bea ignorierte Patricks gelangweilten Tonfall und redete begeistert weiter. »Also, heute ist Freitag. Ich weiß, dass er heute seine Runde in unserem Viertel macht.«

Lyra sah die anderen beiden an, die fragend die Augenbrauen hoben.

»Wen meinst du?«, fragte Patrick und kratzte sich am Kopf.

»Den Scherenschleifer natürlich!« Dabei verdrehte Bea die Augen und verkrampfte ihre Finger, dass sie aussahen wie Krallen.

»Du tust ja gerade so, als ob er ein Monster wäre!« Lyra ärgerte sich. Ihr gefiel es nicht, dass Bea den Scherenschleifer als Verdächtigen abstempelte – obwohl sie zugeben musste, dass sie ihn selbst etwas unheimlich fand.

Bea warf ihr Haar zurück und sagte schnippisch: »Und? Ist er ja vielleicht auch.«

Patrick machte eine wegwerfende Handbewegung und stand auf. »Gehen wir ins Wasser?«

Oliver schob seine Sonnenbrille aufs Haar und aalte sich genüsslich auf seinem Handtuch. »Später.«
»Und du, Lyra?« Patrick stemmte die Arme in die schmalen Hüften und sah auf sie herunter.
Lyra schüttelte den Kopf. »Nachher.«
»Ihr seid wirklich langweilig!«, sagte Patrick und wollte zum Wasser.
»Und wenn wir ihn einfach beschatten?«, fragte Bea.
Patrick drehte sich um. »Wen?«
»Na den Scherenschleifer natürlich!«, antwortete Bea mit genervtem Unterton. »Wenn die Polizei schon nichts tut . . .«
»Das ist doch völliger Quatsch, Bea! Der Scherenschleifer hat null damit zu tun. Und außerdem sind wir zu alt, um Detektiv zu spielen!«, erwiderte Patrick.
»Aber vielleicht weiß er was über Pia? Sicher hat ihn noch niemand gefragt«, beharrte Bea.
»Und warum bleiben wir nicht einfach hier in der Sonne liegen? Die Polizei wird schließlich dafür bezahlt, dass sie ihren Job macht«, sagte Oliver, der noch immer mit geschlossenen Augen auf dem Handtuch lag.
»Mich würde es brennend interessieren, wie so ein Scherenschleifer lebt. Ist doch ein ziemlich verstaubter Beruf, oder?«, sagte Bea Haare schüttelnd.
»Schon, aber was wollen wir eigentlich rauskriegen?« Lyra musste sich eingestehen, dass sie der Scherenschleifer auch interessierte. Er hatte etwas Unheimliches, das sie neugierig machte.
»Na ja, was er tagsüber so macht, wo er wohnt, mit wem er so abhängt.« Langsam schien Patrick doch Geschmack an der Sache zu finden.
»Und wie stellt ihr euch das vor?«, fragte Oliver und reckte sich.
»Wir verfolgen ihn einfach! Das dürfte nicht so schwer sein. Hauptsache, wir fallen nicht auf«, schlug Bea vor.

Patrick nickte. »Ja, das könnte klappen. Wir wechseln uns einfach ab. Bea, du könntest den alten Kinderwagen meiner Schwester schieben, dann kommt an der nächsten Ecke Oliver mit seinem Mofa vorbei, dann Lyra mit ... mit einem Eis und so weiter.«

Bea stöhnte. »Muss ich ausgerechnet einen Kinderwagen durch die Gegend schieben? Das ist doch voll albern!«

»Komm schon Bea, es war schließlich deine Idee!«, sagte Patrick.

Bea schüttelte ihre blonde Mähne. »Von mir aus. Aber nur, wenn Oliver mitmacht.«

Alle Augen richteten sich auf ihn.

»Wenn ihr unbedingt einen auf Räuber und Gendarm machen wollt – bitte. Aber beschwert euch nachher nicht, dass ihr eure Ferien mit irgendwelchen kindischen Spielen vergeudet habt!«

»Nein!« Bea war auf einmal wieder bester Laune. »Oliver, wir könnten auch als Pärchen auftreten, das wäre bestimmt unauffälliger als das mit dem Kinderwagen!«

Oliver grinste und Bea strahlte ihn an.

Dass Bea immer das bekommt, was sie haben will, dachte Lyra.

Als sie sich wieder auf den Bauch drehte und zur Strandpromenade sah, war Leander verschwunden. Na ja, vielleicht war er es auch gar nicht gewesen. Sie würde ihm sicher wieder begegnen. Er mochte den Strand und die Ferien hatten gerade erst begonnen. Sie würde jeden Tag hier liegen.

Lyra schloss die Augen und stellte sich vor, wie es wäre, Leander das nächste Mal zu treffen ...

Sie musste dabei eingedöst sein, denn um halb zwei piepste ihr Handy und erinnerte sie an das Treffen mit ihrer Mutter. Lustlos machte sie sich auf den Weg zum Mittagessen.

FÜNF

Lyra sah ihre Mutter durch die große Schaufensterscheibe des Immobilienbüros an ihrem Schreibtisch sitzen. Lyra drückte die Glastür auf. Klimatisierte Luft schlug ihr entgegen, sicher zehn Grad kälter als die Temperatur draußen.

»Du kommst genau richtig!« Ihre Mutter zog den Lippenstift nach, warf ihn in ihre Handtasche und stand auf. »Gerade ist mein letzter Kunde gegangen. Wir können also sofort los!«

Ihre Mutter kannte fast alle Laden- und Restaurantbesitzer in der Altstadt, sie nickte und grüßte nach allen Seiten. »Magst du hier rein?«, fragte sie Lyra und meinte ein kleines italienisches Restaurant. Blühende Büsche standen zwischen den weiß gedeckten Tischen.

»Von mir aus«, sagte Lyra und wusste, dass sie begeisterter klingen sollte. Sie konnte es sich nicht erklären, warum sie oft einfach keine Lust auf die Dinge hatte, die ihrer Mutter Spaß machten. Essen gehen zum Beispiel.

»Das heißt also toll, richtig?«, sagte ihre Mutter, die glücklicherweise ihren Tonfall einfach ignorierte.

»Hola Senõra«, begrüßte sie der italienische Kellner mit der bodenlangen Schürze. »Und Senõrita«, fügte er mit einem Blick auf Lyra hinzu. »Was darf ich den schönen Damen heute servieren?«

Lyra musste sich zurückhalten, nicht ein genervtes Stöhnen von sich zu geben, während ihre Mutter geschmeichelt lächelte.

Lyra bestellte eine Pizza mit Salami und ihre Mutter einen großen Salat mit Thunfisch.

»Ach, Frau Grammer!«
»Frau Hellmann!«, rief Lyras Mutter ein wenig erschrocken.
Lyra fuhr herum. Pias Mutter! Eine Frau mit aufgespritzten Lippen und blonder Wuschelfrisur. Lyra hatte sie noch nie in Jeans oder Strandbekleidung gesehen. Heute war Frau Hellmann ganz in Weiß und Gold gekleidet und auf ihrer goldenen Gürtelschnalle prangte ein nicht zu übersehendes D&G. Ihr Gesicht zuckte nervös und unter ihren Augen hingen sorgenvolle dunkle Schatten.
Sofort überfiel Lyra ein schlechtes Gewissen. Sie saß hier seelenruhig mit ihrer Mutter beim Essen, während Pia vielleicht in der Hand irgendwelcher Entführer war oder sie wer weiß wo steckte.
»Wollen Sie sich zu uns setzen?«, bot Lyras Mutter sogleich an.
Frau Hellmann zögerte, sah Lyra unschlüssig an und sagte dann: »Ja gern, ganz kurz.«
»Gibt es etwas Neues von Pia?«, fragte Lyras Mutter.
»Nein.« Frau Hellmann seufzte und faltete ihre beringten Hände auf der Tischdecke – als würde sie beten. Tut sie vielleicht auch, dachte Lyra und nippte an ihrer Cola light.
»Wir hoffen, dass . . .« Frau Hellmann brach ab, als habe sie plötzlich alle Wörter vergessen.
»Ist noch niemand aufgetaucht, der Pia gesehen hat?«, wollte Lyras Mutter wissen.
Frau Hellmann schüttelte den Kopf. »Pia war so . . . so unzugänglich in letzter Zeit.« Ihr Gesicht nahm einen entsetzten Ausdruck an. »Jetzt habe ich schon in der Vergangenheitsform geredet! Als ob sie tot wäre!«
Der Kellner brachte die Pizza und den Salat und wünschte einen guten Appetit.
»Pia kommt sicher wieder. Es tut mir so leid. Das muss schrecklich sein, was Sie gerade durchmachen«, sagte Lyras Mutter.

Frau Hellmanns Mundwinkel zuckten nervös und sie sah Lyra forschend an. »Weißt du, ob sie Drogen genommen hat?«
»Ich?« Lyra schüttelte den Kopf. Pia war weder in ihrer Klasse, noch waren sie eng befreundet. Pia fuhr öfter heimlich in den Klub nach Puerto Banús, ja, das wusste sie. Und sie wusste auch, dass dort Drogen genommen wurden. Aber das würde sie Frau Hellmann ja nicht auf die Nase binden müssen. Lyra zuckte also die Schultern und betrachtete ihre Pizza. »Nein, weiß ich nicht. Ich glaube nicht.«
Frau Hellmanns Stimme nahm einen verzweifelten Tonfall an. »Hast du denn eine Ahnung, wo Pia stecken könnte? Wo sie hingegangen sein könnte?«
Was sollte sie antworten? Wir wollen den Scherenschleifer beschatten?
Die Idee kam ihr inzwischen richtig kindisch vor.
»Lyra, überleg doch noch mal!« Ihre Mutter sah sie eindringlich an.
War es nicht besser, die Wahrheit zu sagen?
Lyra zuckte die Schultern und stocherte in ihrer Pizza herum. »Ich weiß nicht. Aber jemand hat was von diesem Scherenschleifer erzählt.«
»Der, der sein Moped durch die Gassen schiebt?« Frau Hellmann sah Lyra ungläubig an. »Den soll Pia kennen? Mit so einem ist sie nicht befreundet!«, rief sie entrüstet. »Pia hat doch gar keinen Freund! Sie ist ja erst fünfzehn!«
»Na ja, Frau Hellmann«, schaltete sich Lyras Mutter ein, »das ist doch genau das Alter, in dem sie den ersten Freund haben.« Sie warf Lyra einen prüfenden Blick zu. »Oder etwa nicht, Lyra?«
Das ist eine Falle, dachte Lyra. Sie will wissen, ob ich einen habe. Nein, sie hatte keinen, obwohl ihr genau in diesem Moment Leander einfiel. Betont uninteressiert antwortete Lyra: »Kann

sein«, und schob sich ein Stück Pizza in den Mund. Mit vollem Mund sollte man ja nicht reden ...

»Aber was ist nun mit diesem Scherenschleifer?«, bohrte Frau Hellman weiter. Lyra schluckte und zuckte dann unbehaglich die Schultern. »Sie haben miteinander geredet, das ist alles.« Hoffentlich stand Pias Mutter jetzt gleich auf und ging.

»Das kann nicht sein! Pia hat sich von solchen Leuten immer ferngehalten!«, entgegnete Frau Hellmann und lachte spitz auf. Sie war völlig fertig mit den Nerven. »Sie ist doch einen ganz anderen Umgang gewöhnt! Jedes Wochenende sind wir im Golfklub und ...«

Kein Wunder, dass Pia mal ausbricht, dachte Lyra und hörte nicht mehr zu.

»Mein Mann und ich sind völlig am Ende«, murmelte Frau Hellmannn.

»Nun denken Sie nicht ans Schlimmste, Frau Hellmann, es gibt ja Hoffnung. Vielleicht kommt sie heute nach Hause!« Lyra war ein bisschen stolz auf ihre Mutter, die so tröstende Worte fand.

Doch Frau Hellmann sah das offenbar ganz anders. »Sie haben gut reden, Frau Grammer! Ihre Tochter sitzt ja neben Ihnen!« Sie warf Lyra einen giftigen Blick zu. Ihre goldene Gürtelschnalle funkelte, als sie von ihrem Stuhl aufsprang. »Ich wünsche Ihnen einen guten Appetit!«

Weg war sie.

Lyras Mutter sah Frau Hellmann nach und seufzte. »Ach, sie ist ganz außer sich, die Arme. Ich will gar nicht daran denken, welche Ängste sie gerade ausstehen muss ...« Gedankenverloren spießte sie ein Salatblatt auf.

Aus einer der Gassen in der Nähe des Restaurants war die Melodie des Scherenschleifers zu hören. In Lyras Kehle bildete sich ein Klumpen. Angewidert schob sie ihren Pizzateller von sich.

Wenn der Scherenschleifer etwas mit Pias Verschwinden zu tun hatte, dann würden sie und ihre Freunde das herausfinden. Der Rattenfänger von Hameln . . . Lyra spürte, wie trotz der brütenden Mittagshitze eine eisige Kälte ihren Körper durchzog.

SECHS

Lyra hatte sich am nächsten Tag mit ihren Freunden im Café da Bruno verabredet. Patrick hatte Tiger, seinen Labrador, mitgebracht und den alten Kinderwagen seiner Schwester, die vor vier Jahren ein Baby bekommen hatte und nun wieder in Deutschland lebte.

Bea beäugte den Kinderwagen und schüttelte den Kopf. »Wirklich doof, ich dachte, Oliver und ich . . .«

»Ich hab dir auch ein Kind reingelegt.« Patrick wies stolz in den Kinderwagen, in dem eine Puppe mit rundem Babygesicht, blonden Löckchen und blauen Augen lag. Lyra musste kichern und Bea warf ihr einen bösen Blick zu.

»Komm Bea! Das mit dem Scherenschleifer war ja wohl deine Idee«, sagte Patrick.

Tiger bellte einmal bestätigend und Bea brachte ein schicksalergebenes Seufzen und ein Augenrollen zustande. »Er heißt übrigens Juan, habe ich von unserer Nachbarin erfahren. Seine Eltern leben irgendwo in Nordspanien. Angeblich sollte er in Granada studieren, aber er hatte wohl keine Lust.«

»Stattdessen fährt er lieber mit seinem Mofa durch die Gegend!« Bea schüttelte verständnislos den Kopf.

»Hi!« Oliver schlurfte mit einem Badehandtuch unter dem Arm heran.

»Oliver! Ich hab schon gedacht, du kommst nicht mehr!« Bea knipste ihr Strahlen an.

Oliver trug eine bunte Surfhose und, wie immer, seine Sonnenbrille. »Findet ihr die ganze Sache nicht ziemlich albern?«, frag-

te er und strich sich das Haar aus der Stirn. »Ich meine, wir sind doch nicht mehr acht oder so.«
Patrick zuckte mit den Schultern. »Du kannst dich ja in die Sonne legen.«
Oliver winkte ab. »Ist schon gut. Morgen wieder.« Er steckte sich einen Kaugummi in den Mund.
»Und du, Lyra?«, fragte Patrick.
Er und Bea sahen Lyra erwartungsvoll an. Sie machte ihre Umhängetasche auf. Neugierig schnupperte Tiger an der Tasche.
»Hör auf, Tiger, da ist nichts zu fressen drin!«, sagte Patrick.
Lyra zog ein Handtuch heraus, in das vier riesige Küchenmesser gewickelt waren. Sie hatte sie eingesteckt, nachdem ihre Mutter heute Morgen ins Büro gegangen war. Patrick pfiff durch die Zähne und Bea zuckte zurück.
»Cool«, meinte Oliver grinsend.
Lyra genoss die Aufmerksamkeit.
»Pass bloß auf, dass er dich damit nicht ersticht!«, bemerkte Bea trocken.
Lyra zog eine Grimasse und die anderen lachten.
»Also«, sagte Patrick, »dann mal los!«
»Wisst ihr eigentlich, wo er wohnt?«, fragte Bea.
Alle schüttelten den Kopf.
»Dann lasst uns einfach durch die Gassen bummeln, seine Flötenmelodie ist ja kaum zu überhören«, schlug Lyra vor. Der Rest nickte und sie gingen los, vorbei an den Cafés der Strandpromenade, in denen Touristen bei Croissants und Kaffee saßen. In der Altstadt machten gerade die kleinen Läden auf und die Bars und Restaurants stellten ihre Tische und Stühle ins Freie.
»Lasst uns erst mal hier langgehen!« Lyra zeigte in eine schmale Gasse ohne Geschäfte. Sie kannte sich aus. Zwei Straßen weiter wohnte sie mit ihrer Mutter.
»Still!«, zischte Bea.

Da drang der Flötenton leise heran. Vier Töne, dann der Triller. Tiger blieb wie angewurzelt stehen. Er gab ein leises Knurren von sich.
»Bea, mach schon!«, sagte Patrick. »Oliver kommt dann nach.«
Diesmal hatte Bea nichts einzuwenden, sondern stürmte mit dem Kinderwagen los.
»Nicht so schnell, Bea! Dem Kind wird sonst schwindlig!«, rief Oliver ihr hinterher.
Lyra und Patrick lachten, Bea drehte sich um und streckte ihnen die Zunge raus.
»Und was machen wir solange?«, fragte Lyra.
»Ich geh schon mal los«, sagte Oliver und schlenderte mit den Händen in den Hosentaschen und dem Handtuch unterm Arm davon.
»Ich hol mir ein Eis«, sagte Patrick und zeigte über die Schulter auf den kleinen belebten Platz. »Kommst du mit?«
»Für Eis bin ich immer zu haben!«
Lyra nahm gerade an der Theke ihr Zitronen- und Schokolade-Nuss-Eis in Empfang, als eine bekannte Stimme neben ihr sagte: »So schnell sehen wir uns wieder!«
»Leander!« Beinahe wäre ihr die Eistüte aus der Hand gerutscht. Er grinste sie mit seinen strahlend blauen Augen an. Als hätte er blaue Kontaktlinsen! Lyra war fasziniert. Warum sie auch immer gleich rot werden musste!
»Hast du heute frei?«, fragte sie und bemühte sich um einen lässigen Ton.
»Nein, ich fange erst mittags an. Du weißt doch, in einem Restaurant . . .« Jetzt erst bemerkte er Patrick. »Hallo.«
Tiger ließ sich gerade von zwei Touristen streicheln.
»Das ist Patrick«, stellte Lyra ihn vor.
Patrick schüttelte die angebotene Hand und sagte: »Ich geh dann mal, bis nachher.«

»Nett, dich kennengelernt zu haben, Patrick.« Leander lächelte sein umwerfendes Lächeln und sah Patrick und seinem Hund hinterher, bis sie in der nächsten kleinen Gasse verschwanden.
»Dein Freund?«
»Na ja, *ein* Freund«, berichtigte Lyra und spürte ihre brennenden Wangen.
»Unternimmst du viel mit ihm?«, wollte Leander wissen.
»Geht so. Wir sind zusammen in der Schule.« Warum spielte sie die Freundschaft mit Patrick so herunter? Weil sie sich damit interessant zu machen glaubte?
Leander musterte sie. Was dachte er?
»Hast du ein bisschen Zeit?«, fragte er.
»Ja, klar!«, sagte sie schneller als beabsichtigt.
Sie folgte Leander zu einer niedrigen Mauer, die einen Orangenbaum umgab, und setzte sich neben ihn. Sie spürte, wie ihr Herz schneller klopfte und sie feuchte Hände bekam. Lyra, reiß dich zusammen, ermahnte sie sich.
»Hör mal, ich habe nachgedacht«, sagte er und sah sie mit seinen blauen Augen an, in die gerade eine blonde Haarsträhne fiel.
»Und worüber?«, fragte Lyra.
»Iss dein Eis, sonst schmilzt es noch!«
Tatsächlich hatte sie ihr Eis beinahe vergessen. Die Schokoladenkugel tropfte schon. Hastig leckte sie an der Waffel und an ihren Fingern. »Mist!«
Belustigt sah er ihr eine Weile zu. »Erinnerst du dich, ich habe das letzte Mal gesagt, dass du mir bekannt vorkommst.«
Sie nickte. Das Eis war ihr jetzt lästig. Es tropfte immer noch und ihre Finger klebten aneinander.
»Heute Nacht ist es mir eingefallen«, fuhr er fort.
»Ja?«, fragte sie und schaute ihn erwartungsvoll an.
»Ja!« Er nickte bekräftigend und musterte sie, als wolle er sie zeichnen.

Lyra bemerkte, dass sie sich aufrechter hinsetzte. Sie wollte sich durchs Haar fahren, doch sie dachte gerade noch rechtzeitig an die Eistüte und die klebrigen Finger und hielt mitten in der Bewegung inne. »Und an wen erinnere ich dich?« Sie konnte die Neugierde in ihrer Stimme kaum unterdrücken.

Seine Augen verengten sich. »Du hast eine Schwester, stimmt's?«

Sie starrte ihn an. Mit jeder Antwort hatte sie gerechnet, nur nicht mit dieser.

Wie konnte er das wissen? Das wusste hier niemand, außer ihr selbst und ihrer Mutter – na ja, und Daniel und vielleicht noch eine Freundin ihrer Mutter.

»Richtig?« Er sah sie forschend an und sie kam sich vor wie unter einem Mikroskop.

»Nein, ja, ich meine . . .«, stammelte sie. Warum musste er ausgerechnet so etwas sagen? Warum konnte er nicht sagen, he, du kommst mir deshalb so bekannt vor, weil du aussiehst wie irgendeine Schauspielerin oder wie . . . ach, es hätte auch seine Cousine sein können. Lyra bemerkte, dass das Eis an ihrer Hand herunterlief. Sie ließ es gerade noch rechtzeitig auf den Boden fallen, bevor es auf ihre Beine tropfen konnte.

»Ich kenne deine Schwester«, sagte Leander, ohne ihren Kampf mit dem Eis zu beachten. Er saß noch genauso auf der Mauer und ließ die Beine baumeln wie vorhin.

Sie musste sich verhört haben. »Was?«

»Ich kenne deine Schwester«, wiederholte er vollkommen ruhig und lächelte ein wenig dabei.

»Nein!« Das konnte sie nicht glauben. »Das kann nicht sein, das ist . . . das ist unmöglich!«

»Aber wieso denn?« Nun grinste er. »Die Welt ist klein, viel kleiner, als man oft denkt! Pass auf: Sie heißt Viola, stimmt's?«

Sie nickte benommen.

»Und sie hat eine Schwester, die Lyra heißt. Ihr habt in Worms gewohnt und dein Vater ist Ingenieur.« Triumphierend sah er sie an. »Und, hab ich recht?«
Lyra war sprachlos. Alles um sie herum kam ihr auf einmal weit weg vor, als wäre sie in Watte verpackt. Doch dieser Zustand dauerte nur einen Moment, dann brach die ganze Vergangenheit wie eine Lawine über sie herein. Die langen Tage des Wartens, der Ungewissheit, dann die Katastrophe, die Scheidung . . .
»Ich . . . meine Schwester ist tot!«, brachte Lyra schließlich heraus.
Er sah sie entsetzt an. »Aber das ist nicht möglich!«
»Doch, es ist möglich!« Sie schrie beinahe. Leander zuckte ein wenig vor ihr zurück und runzelte nachdenklich die Stirn.
»Aber sie heißt Viola, richtig?«
»Sie *hieß* Viola. Sie ist tot! Seit zehn Jahren! Jemand hat sie überfahren und im Straßengraben liegen lassen«, schrie sie. Es kümmerte sie nicht, dass sich die Leute im Eiscafé nach ihr umdrehten.
Viola, ihre Schwester, war vor zehn Jahren gestorben. Viola war damals fünfzehn, Lyra gerade mal fünf Jahre alt gewesen. Lyra konnte sich kaum noch an die große Schwester erinnern. Ihre Mutter sprach nie von ihr und in der Wohnung fand sich kein einziges Foto ihrer Schwester.
Leander starrte auf den Boden und schüttelte den Kopf. »Das kann nicht sein«, murmelte er.
»Doch. Es ist aber so!«, sagte sie trotzig, wütend darüber, dass leider sie und nicht Leander recht hatte. Obwohl alles schon so lange her war, hätte sie jetzt heulen können. Aber vor Leander wollte sie das auf gar keinen Fall.
Langsam hob er den Kopf. Über seinen Augen lag ein Schleier. Er sah traurig aus und nahm ihre Hand. »Lyra, ich hab deine

Schwester wirklich gut gekannt.« Er schluckte schwer und fügte hinzu: »Und sehr gemocht.«

Konnte das möglich sein?

»Wie alt bist du?«, fragte sie und betrachtete ihn.

»Fünfundzwanzig.«

Lyra rechnete. So alt, wie ihre Schwester jetzt wäre, wenn sie noch leben würde. »Warst du in ihrer Klasse?«, fragte sie und merkte, dass er noch immer ihre Hand hielt. Es fühlte sich gut an, es tröstete sie.

Er schüttelte den Kopf. »Nein, ich war auf der Realschule. Aber meine Eltern hatten eine Bäckerei. Viola hat bei uns öfter vor der Schule etwas gekauft. Ein Hörnchen oder so. Wir haben ab und zu ein bisschen miteinander geredet.«

War er tatsächlich mit Viola befreundet gewesen? Wie ein Besucher aus einer anderen Galaxie kam er ihr vor oder aus einer anderen Zeit.

»Wirklich, du kannst mir ruhig glauben«, setzte er hinzu.

Sie schluckte den dicken Kloß in ihrem Hals hinunter und probierte sogar ein Lächeln. »Ganz schöner Zufall, dass du jetzt hier bist und mich getroffen hast.«

Er erwiderte ihr Lächeln. »Ja, finde ich auch.« Er drückte ihre Hand und ließ sie dann los.

»Den Autofahrer haben sie nie gekriegt.« Lyra musste gegen ihre aufkommende Wut ankämpfen, wenn sie daran dachte, dass der Mörder ihrer Schwester ungestraft davongekommen war.

»Welchen Autofahrer?«, fragte er und runzelte wieder die Stirn.

»Na, der, der sie überfahren und liegen gelassen hat«, antwortete Lyra. Komisch, sie hatte so lange nicht an ihre Schwester gedacht.

Er antwortete nicht, sah sie nur weiter an, als habe er etwas nicht begriffen.

»Ich verstehe nicht«, sagte sie, »wenn sie in eurer Bäckerei eingekauft hat, dann hättest du doch mitkriegen müssen, dass sie von einem Tag auf den anderen nicht mehr kam. Außerdem hat es in der Zeitung gestanden!«

»Ach so«, seufzend fuhr er sich durchs Haar. »Das war eine schwierige Zeit damals. Meine Eltern haben sich scheiden lassen. Mein Vater hat die Bäckerei mit seiner neuen Freundin weitergeführt und meine Mutter ist mit mir nach Frankfurt zu ihren Eltern gezogen.« Er seufzte wieder. »Es ging so schnell, ich konnte mich gar nicht mehr von Viola verabschieden.«

Nein, er hat wirklich nichts gewusst, dachte Lyra.

Leanders Blick bekam wieder etwas Forschendes.

»Was ist?«, wollte sie wissen.

»Da ist noch was . . .«

»Ja?«

Er rutschte von der Mauer und klopfte sich den Staub von der Hose. »Lyra.« Er stand ganz dicht vor ihr und sah auf sie herunter. Seine Augen tauchten in ihre.

Lyra fühlte sich hin- und hergerissen zwischen dem Wunsch wegzurennen und dem Wunsch, von ihm umarmt zu werden. Sie merkte, wie ihre Knie zitterten und sie eiskalte Füße bekam. Schließlich hob er den Kopf und sah in den Himmel. »Es ist ziemlich kompliziert, ich weiß nicht, wie ich es dir sagen soll . . .«

Sie wartete, gefasst auf alles, was Leander ihr nun sagen mochte. Dass er weiß, wer das Auto gefahren hat, dass er selbst vielleicht sogar am Steuer gesessen hat . . . Aber, dachte sie, das konnte nicht sein, er war damals doch auch erst fünfzehn.

»Ich bin mal eine Zeit lang auf einem Schiff als Koch gefahren. Da kommt man ganz schön rum«, fing er an und unterbrach ihre Gedanken.

Warum erzählt er das jetzt?, dachte Lyra verwundert.

»Alte Seeleute haben erzählt, dass sie Meeresungeheuer gesehen haben. Riesige Kraken mit roten Augen und meterlangen Fangarmen.« Er sah zu ihr herab. »Weißt du, was ich sagen will?«

Sie strengte sich an, dachte nach, aber sie konnte nur den Kopf schütteln.

Er seufzte. »Sie haben zum Beispiel erzählt, dass in der Nacht bei starkem Sturm ein Seemann über Bord gegangen war. Du weißt, was das heißt: Zu neunundneunzig Prozent ist er verloren, selbst wenn es jemand gesehen hat und versuchen kann, ihm einen Rettungsring zuzuwerfen. Die Wellen sind so hoch, die Sicht ist so schlecht und der Wind so stark, dass es schlichtweg ein Wunder ist, wenn man den armen Kerl wieder an Bord kriegt.«

Sie hatte noch immer keine Ahnung, worauf er hinauswollte.

»Also, alle wissen, dass der Matrose ertrunken ist, aber dann, zwei Tage später, fast alle haben ihn schon vergessen, weil er ein unauffälliger Typ war oder weil ihn kaum jemand eigentlich gemocht hat, also . . .« Er holte Luft. »Also zwei Tage später steht er einfach wieder an Bord, so, als ob nichts passiert wäre, als ob er nie fort gewesen wäre. Und als man ihn fragt, wieso er plötzlich wieder da ist, wo er doch über Bord gegangen ist, da fängt er an zu lachen und schüttelt den Kopf und sagt: ›Was redest du für dummes Zeug, Maat, ich bin nie über Bord gegangen, das Einzige, was wohl über Bord gegangen ist, ist dein verdammter Verstand!‹«

Lyra starrte ihn an. Auch ihr Verstand musste wohl über Bord gegangen sein. Sie wusste überhaupt nicht, wovon er redete. Gerade hatten sie doch noch von ihrer Schwester gesprochen, oder nicht?

»Was ich damit sagen will, Lyra, wenn man eine Weile unter diesen Leuten ist und ein paar Stürme miterlebt hat, dann glaubt man auch an solche Dinge.« Sein Lächeln war müde und sie begriff noch immer nicht, was er sagen wollte. Er fuhr fort: »Lyra, ich habe eines auf diesen Schiffen gelernt.« Sein Blick wurde eindringlich. »Nämlich auch an Dinge zu glauben, die einem unwahrscheinlich vorkommen und . . .«

Der Klingelton von Lyras Handy schnitt ihm das Wort ab. Mechanisch hielt sie ihr Handy ans Ohr.

»Lyra, wo bleibst du? Er ist kurz vor eurer Straße und Oliver musste dringend heim und Patrick meldet sich nicht. Ich steh mit diesem blöden Kinderwagen schon ewig hier rum!« Beas Stimme klang gefährlich schrill. »Beeil dich!«

»Ja«, hörte sich Lyra sagen. Bea hatte schon aufgelegt. Ausgerechnet jetzt! Was sollte sie tun?

»Ich muss weg«, sagte sie zu Leander und fühlte sich wie ferngesteuert. Sie wollte doch gar nicht weg, sie wollte doch endlich begreifen, was er meinte!

Er hob verwundert die Augenbrauen. »Du bist viel beschäftigt, ja?«

»Na ja, es ist wegen einer Freundin, ich habe ihr versprochen, dass ich komme, und . . .«

»Verstehe«, er lächelte verständnisvoll.

»Aber ich verstehe nicht, was du mir sagen wolltest!«

Er winkte ab. »Nächstes Mal, wenn du mehr Zeit hast.«

Sie fühlte sich wie betäubt. »Ja, also, dann bis . . .« Es konnte einfach nicht wahr sein, dass er Viola gekannt hatte.

Er hob die Hand zum Gruß. »Wir treffen uns wieder!«

Lyra drehte sich um und eilte los, auf ihre Straße zu. Wovon hatte Leander gerade erzählt? Von Riesenkraken? Von Seeleuten, die über Bord gingen? Und was sollte das mit ihrer Schwester zu tun haben? Viola war nicht ertrunken, sondern überfahren worden!

SIEBEN

Atemlos bog Lyra um die Straßenecke. Den Kinderwagen sah sie zuerst, dann Bea, die telefonierte.

»Na endlich!«, schnaufte Bea und verabschiedete jemanden am Telefon. »Ich steh mir hier die Beine in den Bauch, und was denkst du, wie viele Mütter und Großmütter hier vorbeigekommen sind und in den Kinderwagen geguckt haben!«

Wenn Bea wüsste, was ich gerade erlebt habe, dachte Lyra, sagte aber nichts.

»Es war eine blöde Idee!«, stöhnte Bea. »Oliver hat recht. Bringt überhaupt nichts. Wir könnten ihn einfach direkt fragen, wo er wohnt oder ob er weiß, wo Pia ist.«

»Dann frag ihn doch!«, meinte Lyra.

»Ich? Frag du ihn doch! Oliver hat recht. Die Polizei soll sich darum kümmern! Ich geh jetzt wieder an den Strand. Viel Spaß!« Bea machte auf dem Absatz kehrt und ging mit dem Kinderwagen davon.

Lyra seufzte. Die Ferien fingen ja schon gut an! Pia verschwunden, Stress mit den Freunden – und dann die seltsame Begegnung mit Leander. Riesenkraken, Schiffskoch – sie verstand einfach nicht, was Leanders geheimnisvolle Andeutungen mit Viola zu tun haben sollten. Wenn Bea nicht ausgerechnet in diesem Moment angerufen hätte, hätte er es ihr vielleicht erklärt.

Sie wollte gerade umkehren, um Leander zu fragen, was er gemeint hatte, als sie die Flötenmelodie hörte. All ihre Gedanken waren plötzlich weit weg und wie in Trance folgte Lyra der

schaurig-schönen Melodie, bis sie dem Scherenschleifer gegenüberstand. »Hola!«, sagte sie.
Der Scherenschleifer hörte auf zu spielen und sah sie an. Wenn er jetzt lächeln würde, dann sähe er ganz harmlos aus, dachte Lyra. Aber er lächelte nicht. Eine Weile starrte sie ihn an, bis ihr plötzlich die Messer in ihrer Tasche einfielen. Während der Arbeit konnte sie ihn am besten in ein Gespräch verwickeln. Sie zog das Bündel aus ihrer Tasche und schlug das Handtuch auseinander. Ein Sonnenstrahl blitzte auf den Klingen auf.
Der Scherenschleifer stellte sein Mofa auf den Ständer und schaltete den Motor an. Der Schleifstein auf dem Gepäckträger drehte sich laut und schrill.
Wortlos nahm er ihr das erste Messer aus der Hand. Sie überlief eine Gänsehaut. Sollte sie ihn wirklich fragen?
»Soy una amiga de Pia« – *Ich bin eine Freundin von Pia*, sagte sie und musste sich anstrengen, gegen den Lärm anzukommen. Er reagierte nicht. Ist er taub? Wenn man tagtäglich an dieser schrillen Maschine stand, wurde man bestimmt taub.
»Soy . . .«, wollte sie wiederholen, als er den Mund öffnete und sagte: »Du bist eine Freundin von Pia?«
Sie nickte.
Über seinen Blick legte sich etwas Düsteres. Abrupt stellte er die Maschine ab. »Weißt du, wo sie ist?«, fragte er und musterte sie mit eisig blauen Augen.
»Sie ist verschwunden«, sagte Lyra.
»Was heißt verschwunden?«, fuhr er sie an.
Sie zuckte zurück. Warum hatte sie nur angefangen, mit ihm zu sprechen?
»Ich weiß nicht, ich dachte, du hast sie vielleicht gesehen?«, sagte sie und fühlte sich unbehaglich.
»Ich, wieso ich?« Seine Augen wurden schmal und argwöhnisch.

»Na ja, ihr seid doch befreundet?« Sie hätte sich auf die Zunge beißen können. Das wollte sie doch gar nicht sagen!

»Wer behauptet das?«, fragte er scharf.

»Ääh . . .« Nun begann sie auch noch zu stottern! Lyra, du bist glänzend!

Mit den Messern in der Hand sah er sie eindringlich an. »Ich warne dich, wenn du ihren Eltern oder auch sonst jemandem so etwas sagst . . .«

Sie schluckte und starrte auf die blitzenden Messerklingen. Er sprach nicht weiter, aber das brauchte er auch nicht. Seine Warnung war deutlich genug.

»Acht Euro.« Er gab ihr die Messer zurück und stellte den Motor ab.

Mit zitternden Fingern fummelte sie einen Zehn-Euro-Schein aus ihrer Tasche. Er kramte in der Hosentasche seiner abgeschnittenen Jeans zwei Münzen hervor. Als er sie ihr gab, berührte er ihre Hand. Sie zuckte zurück.

»Du hast mich verstanden, ja? Kein Wort.«

Rasch nickte sie.

»Hasta luego! Auf Wiedersehen«, sagte er. Sie sah ins Dunkel einer Zahnlücke.

»Hasta luego!«, murmelte sie und wandte sich zum Gehen. Dabei spürte sie, wie sich seine Blicke in ihren Rücken bohrten. Der Scherenschleifer war ihr unheimlich. Er kannte Pia, soviel stand fest. Lyra war erst ein paar Meter weit gelaufen, als schon wieder die Flöte ertönte. Die Melodie grub sich in ihren Kopf. Und wenn Pia ihm gefolgt war, wie die Kinder dem Rattenfänger . . .?

Lyra beschleunigte ihren Schritt, und kaum dass sie um die Ecke gebogen war, rannte sie nach Hause, so schnell sie konnte.

ACHT

Schätzchen, ich übernachte eventuell heute Abend bei Daniel!«, rief ihre Mutter von oben, als Lyra zur Tür hereinkam. Sie spürte, wie ihr Herz gegen die Rippen schlug. Ihre Mutter würde ausrasten, wenn sie wüsste, dass ihr der Scherenschleifer gerade gedroht hatte.
»Hast du gehört, Lyra?«
Daniel. Klar, als ob das etwas Neues wäre! Freitags blieb ihre Mutter meistens bei ihm. Er wohnte etwas weiter entfernt, im Nachbarort und baute Klimaanlagen in Häuser und Büros ein. Wenn ihre Mutter doch mal aufhören könnte, sie *Schätzchen* zu nennen! Sie war doch nicht mehr fünf! Lyra legte die geschärften Messer in die Schublade zurück.
»Lyraaaaa?«, rief ihre Mutter wieder.
»Jaaaaah!«, gab Lyra zurück und stieg betont langsam die Treppe hinauf. Warum überfiel sie nur immer schlechte Laune, wenn sie nach Hause kam? Ihre Mutter stand im Bad vor dem Spiegel. Lyra blieb im Türrahmen stehen.
»Du machst es dir hier gemütlich, ja?« Ihre Mutter presste die Lippen aufeinander, um den Lippenstift zu verteilen. Das ganze Badezimmer war eine einzige Duftwolke.
»Wir wollten doch morgen früh in den Beach Club zum Frühstücken gehen. Hast du das vergessen?«
Sie hatten dort Couchs am Strand, coole Musik und ziemlich gut aussehende Typen, die einen bedienten.
»Ja, ich weiß . . .«
»Also dann fahren wir, wenn du zurück bist?«, fragte Lyra.

Ihre Mutter seufzte. »Ach, Schätzchen, ich weiß noch nicht. Das machen wir spontan, ja?« Ihre Mutter lächelte sie im Spiegel an.
Das heißt also, sie übernachtet bei ihm, dachte Lyra.
»Du kommst also nicht«, stellte Lyra fest.
»Ich hab gesagt, ich weiß es noch nicht!«
»Aber du hast es versprochen.« So leicht wollte sie ihre Mutter nicht davonkommen lassen.
»Lyra, ich verspreche dir, wenn es morgen nicht klappt, dann machen wir es am Sonntag, ja?«
»Du hältst ja doch nie deine Versprechungen!«, sagte Lyra.
Ihre Mutter drehte sich zu ihr um. »So was darfst du nicht sagen, Lyra! Aber du kennst das von dir doch auch. Manchmal kommt einfach etwas dazwischen und man kann seinen Plan nicht mehr so ausführen, wie man eigentlich wollte.«
Widerwillig musste sie ihrer Mutter recht geben. Aber das musste sie ihr ja nicht gleich sagen.
»Meinetwegen, am Sonntag dann«, murrte Lyra.
Ihre Mutter lächelte wieder. »Ganz bestimmt, mein Schatz! Übrigens, Im Kühlschrank stehen leckere Sushis.« Ihre Mutter zupfte ein paar Strähnen in die Stirn und vor die Ohren.
»Sushi – ich hätte lieber einen Hamburger und Pommes«, sagte Lyra herausfordernd.
Prompt sprang ihre Mutter darauf an. »Aber Lyra, du weißt genau, dass du so was nicht essen sollst! Der Körper gewöhnt sich daran und baut Fettzellen auf. Die kriegst du kaum wieder weg! Du siehst doch, wie viele in deiner Klasse aussehen!«
Lyra zuckte die Schultern. »Warum nicht, wenn sie glücklich sind.«
Ihre Mutter stemmte die Arme in die Hüften, was sie immer tat, wenn sie wütend war. »Weißt du was, Lyra, von mir aus kannst du essen, was du willst! Dann werd eben dick und fett! Andere wären froh, wenn ihnen ihre Mutter Sushi mitbringen würde!

Aber – das war das letzte Mal. Ich mach mich doch nicht zum Idioten!«

Das hast du schon tausend Mal gesagt, wenn du dich nur mal daran halten würdest!, hätte Lyra am liebsten gesagt. Sie registrierte, dass ihre Mutter die Lippen so fest zusammengepresst hatte, dass der Lippenstift nun viel zu breit aufgetragen war.

»Sieht aus, als hättest du sie aufgespritzt!«, sagte Lyra und zeigte auf den Mund ihrer Mutter.

Diese schnaubte und riss verärgert ein Kleenex aus der Packung an der Wand. Lyra verzog sich in ihr Zimmer und schaltete Musik an.

Ein paar Minuten später klopfte es an der Tür und ihre Mutter kam herein.

»Was ist?«, fragte Lyra genervt.

Ihre Mutter atmete tief. Das tat sie immer, wenn sie sich beruhigen wollte. »Sie haben Pia noch immer nicht gefunden. Du musst mir versprechen, dass du heute Abend hierbleibst, ja?«

Lyra stöhnte. »Mal sehen.«

»Nein! Nicht mal sehen!«, sagte ihre Mutter heftig. »Du bleibst heute hier. Solange noch nicht geklärt ist, was mit Pia ist, gehst du am Abend nicht aus!«

Lyra verdrehte die Augen. »Kannst mich ja anketten!« Sie streckte ihrer Mutter beide Handgelenke hin.

»Hör doch auf mit dem Unsinn!« Ihre Mutter seufzte und sagte dann in milderem Ton: »Und morgen machen wir beide was zusammen!« Ihre Mutter gab ihr zwei Abschiedsküsse und lächelte aufmunternd.

»Und was?«, wollte Lyra wissen.

Ihre Mutter lächelte. »Wir gehen morgen in den Beach Club, ja?«

»Meinetwegen.« Lyra konnte nicht so schnell wie ihre Mutter

auf freundliche Stimmung umschalten. »Ach, übrigens, hat Viola eigentlich gern Hörnchen gegessen?«

Lyra konnte sehen, wie die Farbe aus dem Gesicht ihrer Mutter wich, dabei war sie richtig braun.

»Wieso . . .«, brachte ihre Mutter heraus.

Lyra zuckte die Schultern, genoss es, ihre Mutter zum Stammeln gebracht zu haben. »Nur so, ist mir eben eingefallen.«

Ihre Mutter schüttelte langsam den Kopf. »Aber du warst doch viel zu klein, um dich an so etwas zu erinnern!«

»Bereits Embryonen haben ein Gedächtnis!«, erwiderte Lyra.

»Ach Lyra, komm, lass uns nicht an die Vergangenheit denken, ja? Mach dir einen schönen Abend. Ich hab ein paar DVDs mitgebracht.«

»Schon gut«, murmelte Lyra und atmete auf, als sie endlich die Haustür ins Schloss fallen hörte.

Nachdem sie sich eine Pizza bestellt und die Sushis heimlich im Müll entsorgt hatte, setzte sich Lyra vor ihren Laptop und wählte sich ins Internet ein. Riesenkraken – so ein Unsinn, dachte sie. Doch dann stieß sie auf einen Artikel und las, dass Fischer in Australien einen Riesenkraken an Land gezogen hatten. Seine Fangarme waren fünfzehn Meter lang! Und die Augen rot, so wie Leander gesagt hatte. Aber was hatte das mit Viola zu tun? Was hatte Leander ihr sagen wollen? Sie ärgerte sich, dass sie Leanders Handynummer nicht hatte, sonst hätte sie ihn jetzt fragen können. Sie hatte auch nicht die geringste Ahnung, wo das Restaurant war, in dem er arbeitete, und außerdem hätte er sicher keine Zeit für sie. In Küchen ging es immer sehr hektisch zu.

Schlecht gelaunt ging sie hinunter ins Wohnzimmer und schaltete den Fernseher an. Es kam nichts, was Lyra interessiert hätte, und sie wollte gerade wieder ausschalten, als sie beim Zappen erschrocken innehielt. Das konnte nicht möglich sein! Das war doch nicht ... Nein! Doch! Doch, das Gesicht auf dem Foto kannte sie. Ganz bestimmt. Das war Pia! Lyra drehte die Lautstärke hoch. »... heute Nachmittag an der Straße nach Ojén gefunden«, hörte sie die Stimme des Sprechers. Filmaufnahmen von einem Waldstück. Ein Absperrband weht im Wind, ein dunkler Metallsarg wird gerade von zwei Männern abtransportiert, Blitzlichter und blaue Polizeilichter im Hintergrund. »Die fünfzehnjährige Schülerin aus Marbella war vor zwei Tagen nicht nach Hause gekommen. Die Polizei schließt ein Gewaltverbrechen nicht aus.«

Pia war tot.

Eine Gänsehaut überlief Lyra. Sie war ganz allein im Haus. Ihre Mutter war nicht da. Sie ging zur Tür und schloss noch einmal ab. Da klingelte ihr Handy. Lyra zuckte zusammen und hielt mit zittrigen Händen das Telefon ans Ohr. »Ja?« Es war kaum mehr als ein Krächzen.

»Hast du gehört, Pia ist tot!«, schrie Bea ihr entgegen. »Und weißt du was? Sie haben sie hinter Los Altos gefunden und dort kommt der Scherenschleifer auch vorbei!«

»Hör doch endlich mit dem auf!«, brüllte Lyra ins Telefon. Dann sah sie seine eisblauen Augen vor sich und die aufblitzenden Klingen, die er ihr entgegengehalten hatte. »Ich weiß nicht, Bea«, stammelte sie. Sie war völlig durcheinander.

»Wart's ab, ich habe bestimmt recht!«, sagte Bea. »Also Gute Nacht. Ich rufe noch die anderen an.«

Noch immer fassungslos starrte Lyra auf den schwarzen Bildschirm. Vor zwei Tagen hatte Pia doch noch gelebt! Lyra verspürte das Gefühl, sich ablenken zu müssen. Sie konnte doch nicht die ganze Zeit vor dem Fernseher hocken und auf verdächtige Geräusche lauschen! Sie ging zur Kommode und sah den Stapel DVDs durch, den ihre Mutter mitgebracht hatte. Die meisten Filme kannte sie schon oder sie interessierten sie

nicht. Da – Johnny Depp als Pirat. Diesen Film kannte sie zwar auch schon, aber den würde sie noch mal ansehen.
Sie versuchte es, sich wie sonst auf der Couch bequem zu machen und nicht an Pia zu denken. Aber es wollte ihr nicht so recht gelingen. Sollte sie nicht ihre Mutter anrufen? Aber die könnte Pia auch nicht mehr lebendig machen. Sicher würde sie sich nur ärgern, dass sie ihr den Abend mit Daniel verdarb.
Johnny Depp, mit Kajal umrandeten Augen, schwang seinen Säbel, sprang über Bord und riss dabei coole Sprüche. Das hatte sie mal witzig gefunden? Darüber hatte sie sich mal amüsiert? Das musste Lichtjahre her sein. Irgendwann, während des zweiten Teils des Piratenfilms, fielen ihr die Augen zu.

Sie fuhr erschrocken hoch. Sie hatte etwas Schreckliches geträumt. Ihre Hände fühlten sich feucht an und ihr Mund war ganz trocken. Wo war sie? Ein Gesicht beugte sich über sie. Lyra stieß einen spitzen Schrei aus.
»Es ist alles gut.«
Es war ihre Mutter.
»Ich habe Schreckliches geträumt, Pia ist . . .« Im selben Moment wurde sie hellwach. Nein, das war kein Traum gewesen, es war die Wirklichkeit.
Jetzt erst bemerkte sie, dass sie nicht in ihrem Bett, sondern auf der Couch lag, die Fernbedienung des Fernsehers auf ihrem Bauch.
»Wieso bist du schon da?«, fragte Lyra verwundert. Ihre Mutter hatte doch bei Daniel übernachten wollen.
»Ich hab die Nachrichten gesehen und bin sofort nach Hause gefahren«, sagte ihre Mutter und sah sie mit besorgtem Blick an.
»Pia ist tot«, sagte Lyra.
Ihre Mutter nickte und strich ihr übers Haar. »Warum hast du mich nicht angerufen?«

»Ich wollte euch nicht stören. Außerdem hättest du ja auch nichts ändern können.«
Ihre Mutter schüttelte den Kopf. »Nein, das hätte ich nicht. Aber du störst doch nicht. Ich liebe dich doch.«
Was für eine schreckliche Szene, dachte Lyra. Gleich heulen wir beide. Nein, das wollte sie nicht. Entschieden setzte sie sich auf.
»Jetzt ist alles gut, ich bin da.« Der besänftigende Ton ihrer Mutter machte Lyra noch unruhiger.
»Ich habe an Viola gedacht. Pia wurde in meinem Traum zu Viola! Und . . .«
»Aber Lyra, Pia ist nicht Viola. Ich weiß gar nicht, wie du darauf kommst! Der Unfall deiner Schwester war für uns alle ein Trauma. Wir müssen die Vergangenheit ruhen lassen, Lyra, sonst werden wir nicht mehr glücklich.« Die Augen ihrer Mutter glänzten wässrig. Dann umarmte sie Lyra. Und obwohl es Lyra sonst nicht mochte, fühlte sie sich ein bisschen getröstet.
»Den Samstag verbringen wir ganz für uns allein, mein Schatz!«, flüsterte ihre Mutter. »Nur wir beide, ganz bestimmt.«

In der Nacht wurde Lyra wieder von dem Dröhnen wach. Noch immer fand sie keine Erklärung für dieses Vibrieren und den Ton, den niemand hörte außer ihr. Entnervt stülpte sie sich das Kissen über den Kopf und langsam dämmerte sie weg. Das Dröhnen verwandelte sich in die schaurige Flötenmelodie des Scherenschleifers, der in der mittelalterlichen Kluft des Rattenfängers von Hameln an ihrem Haus vorbeizog, in seinem Gefolge Mädchen, die alle aussahen wie Pia.

NEUN

Die Chill-out-Musik war genau nach Lyras Geschmack. Sie saß in einem weich gepolsterten Liegestuhl und sah aufs blaue Meer hinaus. Ihre Mutter saß ihr gegenüber und las. Sie hatte tatsächlich ihr Versprechen eingelöst und war mit Lyra in den Beach Club gegangen. Jetzt stand vor ihnen auf dem kleinen Tisch im Sand ein großes Frühstück, mit allem, was Lyra liebte: kleine schokogefüllte Croissants, eine Schale mit Erdbeeren und Vanille-Eis, köstlicher Serranoschinken und bester Käse und dazu ein halbes, frisch gebackenes Baguette und ein Mango-Bananen-Shake. Hin und wieder warf ihre Mutter ihr ein schmerzliches Lächeln zu. Ja, dachte Lyra, auch ich denke an Pia – und an Viola.

Sie seufzte.

»Alles in Ordnung?«, fragte ihre Mutter.

»Jaja.«

Nichts war in Ordnung. Lyra sah aufs Meer hinaus. Wer hatte Pia umgebracht? Sie schämte sich für die Leichtfertigkeit, mit der sie Pias Verschwinden am Anfang abgetan hatte. Und jetzt aalte sie sich auch noch auf einer Strandliege im Beach Club! Sie hätte den Vorschlag ihrer Mutter ablehnen sollen. Aber andererseits, wenn Lyra zu Hause geblieben wäre, wäre Pia auch nicht wieder lebendig geworden. Ihre Gedanken drehten sich im Kreis.

Wie eine Erlösung empfand sie das Klingeln ihres Handys.

Es war Patrick. »Hast du es schon gehört? Sie haben Pia gefunden.«

»Ja, ich weiß.« Wieder stiegen die Bilder aus dem Fernsehen in ihr auf.

»Übrigens weiß ich, wo der Scherenschleifer wohnt«, hörte sie Patrick sagen.

»Aber ist er denn überhaupt verdächtig?«, fragte Lyra und beruhigte ihre Mutter, die von ihrem Buch aufsah, mit einem Lächeln.

»Ich weiß nicht. Aber willst du nun wissen, wo er wohnt oder nicht?«

Sie wollte es wissen. Sie sah seine Augen vor sich und die dunkle Zahnlücke und sie stellte sich vor, wie er Pia einfach mit sich gezerrt hatte . . . Was für ein Unsinn, Lyra!

»Kannst du heute Abend zu mir kommen? Meine Eltern sind nicht da«, fragte Patrick.

Lyra warf einen Blick auf ihre Mutter, die arglos in ihrem Buch las.

»Ja, das kriege ich hin«, versprach Lyra.

»Gut. Woher kennst du übrigens diesen Typen, wie heißt er noch?«, fragte Patrick.

»Leander.«

»Genau der«, sagte Patrick.

»Wir sind uns zufällig begegnet.« Dass sie um ein Haar der Länge nach vor seine Füßen gefallen wäre, erwähnte sie nicht.

»Klingt wahnsinnig spannend!«, sagte Patrick spöttisch.

»Er ist schon viel in der Welt rumgekommen«, redete Lyra unbeeindruckt weiter. Sollte Patrick doch spotten. Patrick war ein Baby gegen Leander.

»Hört sich eher an, als textet er dich zu«, gab Patrick zurück.

»Er war Schiffskoch auf Frachtschiffen – und . . .« Lyra merkte, dass sie Leander in Schutz nahm.

»Schiffskoch!« Er lachte. »Weißt du, was die Leute auf einem Frachter für einen Fraß kriegen? Weiße Bohnen und Speck und

das dreimal die Woche. Also, da muss man überhaupt nicht kochen. Nur Dosen aufmachen können.«
»Du bist eifersüchtig«, sagte sie.
»Ich? Auf so einen alten Knacker?« Er lachte. »Der ist ja doppelt so alt wie du.«
»Dann wäre er ja dreißig. Er ist aber erst fünfundzwanzig.«
Lyra hörte Patrick kurz lachen. »Du kommst heute Abend, so um acht, ja?«, wechselte er das Thema.
»Ja.« Lyra ließ ihr Handy zuschnappen. »Blödmann!«, murmelte sie.
Ihre Mutter klappte ihr Buch zu und sah Lyra neugierig an. »Wer ist Schiffskoch?«
Ihrer Mutter würde sie weder vom Scherenschleifer noch von Leander erzählen. Sie würde sonst bestimmt total überreagieren.
»Ach, war im Fernsehen, eine Serie«, log Lyra.
Ihre Mutter lächelte. »Lass mich raten – Prison Beach! Stimmt's?«
»Prison Break«, berichtigte Lyra und unterdrückte ein genervtes Augenrollen.

Den restlichen Nachmittag verbrachten sie am Strand. Lyra quälten die Gedanken an Pia und Viola und die Frage, ob und wann sie Leander wiedersehen würde. Wieso hatte sie auch nicht nach seiner Telefonnummer gefragt!
Auf dem Nachhauseweg schlug ihre Mutter vor, mal wieder gemeinsam zu kochen. »Heute wagen wir uns mal an was typisch Spanisches. Paella!« Ihre Mutter lächelte sie an.
»Heute?«, fragte Lyra. Das passte ihr allerdings gar nicht. Sie wollte doch zu Patrick gehen! Und wie kam ihre Mutter ausgerechnet auf Paella? Die dauerte doch ewig!
»Warum nicht heute, Schätzchen?« Offensichtlich hatte sich ihre Mutter vorgenommen, nun ganz besonders für Lyra da zu sein.

»Ich hab überhaupt keinen Hunger, Mama«, sagte sie. Und versuchte zu lächeln. »Du kannst ruhig zu Daniel gehen. Ich bin schon okay.«
Inzwischen waren sie zu Hause angelangt und ihre Mutter schloss die Tür auf. »Aber nein, ich wollte den Abend mit dir verbringen, mein Schatz!«, beharrte sie.
»Aber ich wollte noch mal zu Patrick. Wir wollten einen Film im englischen Original ansehen. Um einen bisschen in Übung zu bleiben!« Lyra wunderte sich selbst, wie leicht ihr diese Lüge über die Lippen kam.
»Ach so.« Die Enttäuschung ihrer Mutter hielt nicht lange an. »Ja, dann geh rüber, aber um halb elf bist du wieder da!«
»Aber der Film geht bis halb elf.«
»Dann ausnahmsweise um elf. Aber keine Minute später!«
Erleichtert verschwand Lyra auf ihr Zimmer, um noch ein wenig Musik zu hören und sich von ihren trüben Gedanken abzulenken.

Patrick wohnte nur drei Straßen weiter. Lyra bahnte sich einen Weg durch die Touristenmasse, die sich im Sommer um diese Uhrzeit durch die Altstadt schob. Musik erfüllte die Luft. Es war noch sehr warm. Sie gelangte zu dem kleinen Platz, an dem sich Patricks Haus befand. Viele Grüppchen scharten sich um den Eingang einer Kirche, aus der feierliche Orgelmusik drang. Wahrscheinlich war gerade eine Messe zu Ende gegangen.
Lyra klopfte an die hellblau gestrichene Holztür des weiß getünchten Hauses. Von drinnen hörte sie Tigers Bellen. Patrick machte auf. Er hatte noch nasses Haar vom Duschen und trug ein schwarzes T-Shirt und schwarze lange Jeans. Echte Einbrecherkleidung, ging es Lyra durch den Kopf.
»Ich muss um elf zu Hause sein!«, sagte sie zu Patrick, an dem sich gerade Tiger vorbeidrängte, um sie zu begrüßen.

»Kein Problem, komm rein, ich muss nur noch meine Schuhe anziehen.«
Sie streichelte Tiger und betrat dann den Flur, in dem vier großformatige bunte Bilder hingen, auf denen riesige bunte Vögel oder Insekten auf exotischen Blüten saßen. Würde ich mir nie an die Wand hängen, da hätte ich ja das Gefühl, ich werde von diesen Blüten erdrückt oder gefressen, dachte Lyra. Von den scheußlichen Baumlianen und fingerartigen Wurzeln ganz zu schweigen. Patricks Mutter war Malerin. Lyras Mutter bewunderte ihre Bilder und hatte auch schon einige ihrer Kunden für die Gemälde begeistern können, die ihre neu erworbenen Häuser oder Wohnungen damit ausstatten ließen.
Nur einmal hatte Lyra Patrick gefragt, ob ihm die Bilder seiner Mutter gefielen. Da hatte er die Schultern gezuckt und eine ausweichende Antwort gegeben.
»Wir können los. Wir nehmen mein Mofa«, Patrick drückte ihr einen Helm in die Hand.
»Und wo wohnt er?«
»Das wirst du gleich sehen!«, grinste Patrick.

ZEHN

Sie fuhren durch eine Unterführung unter der Schnellstraße hindurch und gelangten in ein unbewohntes Gebiet. Überall im freien Feld ragten Bauruinen auf, halb fertiggestellte Häuser, die vielleicht irgendwann abgerissen würden, weil sie ohne Baugenehmigung errichtet worden waren. Patrick hielt auf eine dieser Bauruinen zu, bremste und stellte den Motor und das Licht ab.

»Da drüben.« Patrick zeigte auf das Erdgeschoss eines halb fertigen Reihenhauses. Unkraut und Sträucher überwucherten bereits Teile der Gebäude. Hier hatte man schon vor Jahren aufgehört zu bauen. Lyra wäre am liebsten umgekehrt. Die fensterlosen kalkigen Fassaden sahen in der Dunkelheit aus wie blasse, augenlose Gesichter. »Wie hast du das herausgefunden?«, flüsterte sie.

»Ich hab ihn im Gegensatz zu euch wirklich verfolgt«, antwortete Patrick.

Sie stiegen ab und Patrick versteckte das Mofa unter einem dichten Busch.

»Moment mal, er ist doch bestimmt zu Hause.« Lyra rührte sich nicht vom Fleck.

Patrick grinste. »Das werden wir gleich sehen, oder?«

Lyra zögerte.

»Jetzt komm schon! Was soll denn passieren? Wenn er da ist, hauen wir einfach wieder ab. Ansonsten sehen wir uns nur mal kurz um.«

Ich könnte beim Mofa warten, wollte sie sagen, aber sie wusste, dass das einfach nur feige wäre. Pia war tot. Da könnte sie doch wenigstens mal einen Blick in diese Bauruine wagen.

»Okay, gehen wir«, flüsterte sie.

Im Schutz der Dunkelheit und des Gebüschs schlichen sie sich an die verwitterten Mauern heran. Dort, wo nach Patricks Beschreibung der Scherenschleifer wohnen sollte, war nicht der geringste Lichtschein zu entdecken.

»Gehen wir rein«, sagte Patrick und zog eine Taschenlampe aus der Hosentasche.

Hätte sie sich nur nicht darauf eingelassen! Lyras Hände begannen zu schwitzen. Sie hätte gemütlich mit ihrer Mutter Paella kochen können ... Feigling, schimpfte sie sich im nächsten Moment und stieg hinter Patrick über die niedrige Mauer, die das Grundstück umgab. Sie blieben kurz geduckt stehen und lauschten. Nur das Rauschen der Schnellstraße drang aus der Ferne heran und ganz in der Nähe zirpten Zikaden.

»Da vorn ist der Eingang«, flüsterte Patrick.

Schweigend gingen sie die letzten Meter auf das halb fertige Haus zu. Türen waren nie eingebaut worden und so gelangten sie problemlos in die Wohnung im Erdgeschoss.

Im fahlen Licht des Mondes konnte Lyra in einer Ecke die Umrisse von einigen Holzkisten erkennen. Als Patrick die Taschenlampe anschaltete, wirkte die Behausung noch unheimlicher. Die Kisten waren als Hocker und Tisch benutzt worden. Ein Unterteller mit Olivenkernen stand darauf und ein billiger Aschenbecher, randvoll mit Kippen.

»Raucher«, stellte Patrick fest und ließ den Kegel der Taschenlampe weiterwandern. Auf dem Boden lag ein Karton und darauf zusammengeknüllt eine dünne Decke. Daneben stand eine leere Flasche, die als Kerzenständer diente.

»Sieh mal!«, sagte Patrick und leuchtete an die Wand. Jemand hatte etwas in den grauen Zement geritzt.

»Was soll das bedeuten?«, fragte Lyra und tastete vorsichtig über die Vertiefungen. Waren das Buchstaben? Doch Patricks Lampenstrahl war schon weitergewandert.
»Lyra, schau mal hier!« Patrick beleuchtete eine wacklige Holzkiste auf der anderen Zimmerseite. Darauf war so etwas wie ein kleiner Altar errichtet worden. Auf einem Papiertaschentuch, das als Tischdecke diente, standen eine Kerze und ein Glas, in dem ein paar dürre Feldblumen und Gräser steckten. Daneben lag eine dünne Goldkette mit einem Anhänger und rechts davon stand ein Bilderrahmen mit einem Foto.
»Aber das ist doch . . .«, begann Patrick.
»Das ist Pia!«, rief Lyra. Sie merkte, wie eine Gänsehaut über ihren Rücken kroch.
»Und sieh dir das an!« Patrick ließ die Kette durch seine Finger gleiten. Der Anhänger war ein Herz. »Die Kette könnte doch so eine Art Trophäe sein. Heben Mörder nicht manchmal etwas von ihrem Opfer auf?«
»Patrick!« Lyra versuchte gar nicht erst, die Panik in ihrer Stimme zu unterdrücken. »Aber könnte es nicht auch eine Erinnerung an sie sein? Vielleicht trauert er ja um Pia«, gab Lyra mit zittriger Stimme zu bedenken.
»Das tun viele Mörder im Nachhinein«, erwiderte Patrick trocken.
»Aber sie könnte sie ihm ja geschenkt haben, aus Liebe«, versuchte Lyra es noch einmal.
Der Schein der Taschenlampe ließ das kleine goldene Herz aufblitzen. Patrick schüttelte den Kopf. »Man verschenkt einen Ring oder ein Armband, aber doch nicht so ein Herz an einer Kette.«
Für so abwegig, wie Patrick es hinstellte, hielt Lyra es nicht. Aber sie wusste so wenig über Pia . . . Plötzlich packte sie Patricks Arm. War da nicht ein Motorbrummen? »Hörst du es auch? Mach die Taschenlampe aus!«

Vorsichtig spähten sie aus der Fensteröffnung. Lyras Herz schlug bis zum Hals. Wenn der Scherenschleifer Pia ermordet hatte, würde er sie und Patrick ganz sicher, ohne mit der Wimper zu zucken, beiseiteschaffen. Das gelbe Auge eines Scheinwerfers hatte fast die Stelle erreicht, an der Patrick das Mofa versteckt hatte. Hoffentlich entdeckt er es nicht, schoss es Lyra durch den Kopf.

»So ein Mist!« Patrick schlich zu dem kleinen Altar, um die Kette wieder zurückzulegen.

»Wir sollten so schnell wie möglich von hier abhauen«, flüsterte Lyra.

»Warte noch. Vielleicht könnten wir ihn erkennen!«, zischte Patrick.

Das Mofa fuhr weiter, wahrscheinlich würde der Scherenschleifer direkt vor dem Eingang parken.

»Lass uns jetzt endlich verschwinden!«, bettelte Lyra.

Diesmal widersprach Patrick nicht.

Sie duckten sich auf den Boden und krochen zum hinteren Ausgang. Das Motorengeräusch war noch immer zu hören und sie versteckten sich in einer Ecke. Sobald der Scherenschleifer auf dem Weg zum Haus war, würden sie losrennen und sich von hinten an Patricks Mofa heranpirschen. Der Motor verstummte. Der Fahrer stieg ab und kam in die Wohnung gelaufen. Im schwachen Lichtschein wirkte sein Helm wie ein riesiger Kopf.

Wie in einem Science-Fiction-Film, dachte Lyra. Für eine Sekunde war sie sogar fasziniert von der Situation, einem Mörder so nahe zu sein. Doch da holte sie Patricks Rippenstoß in die Wirklichkeit zurück und sie hastete hinter ihm her. Als sie zum Hinterausgang raus waren, machten sie einen großen Bogen um das Gebäude und liefen durchs Gebüsch zu Patricks Mofa. Lyra drehte sich ein paar Mal um, aber niemand war ih-

nen gefolgt. Schnell stülpten sie die Helme über und Patrick trat auf den Anlasser.
Der Lärm kam Lyra ohrenbetäubend vor. Aber wenigstens sprang der Motor sofort an. Als Lyra beim Abfahren einen Blick über die Schulter warf, konnte sie einen flackernden Lichtschein wahrnehmen. Dann musste sie sich blitzschnell an Patrick festklammern, der Vollgas gab.
Kaum zehn Minuten später waren sie zurück auf dem kleinen Platz. Noch immer waren hier viele Menschen versammelt und in den umliegenden Cafés waren alle Tische besetzt. Die Menschen lachten und waren gut gelaunt.
Lyra fühlte sich, als käme sie aus einer anderen Welt. »Sollen wir nicht zur Polizei gehen?«, fragte sie und gab Patrick den Sturzhelm zurück.
»Und was sollen wir denen sagen?« Patrick schloss das Mofa ab.
»Wir erzählen ihnen von dem Foto und der Kette. Wenn der Scherenschleifer unschuldig ist, dann kann er ihnen wenigstens etwas über Pia erzählen. Vielleicht kennt er ja den Mörder oder er erinnert sich an seltsame Freunde von Pia?«
Er überlegte kurz und nickte dann. »Gut, wir gehen morgen, ja?«
Es war erst kurz nach zehn. Sie könnte bei ihrer Mutter punkten, wenn sie schon so viel früher zu Hause wäre. Keine schlechte Idee. Wer weiß, was an den nächsten Abenden noch passieren wird, dachte Lyra.

Ihre Mutter saß auf der Couch und blickte auf, als Lyra hereinkam.
»Gott sei Dank bist du wieder da. Na, wie war der Film? Was verstanden? Was habt ihr euch eigentlich angesehen?«
»Oceans 13.« Lyra sah, dass ihre Mutter rasch ein Album zugeklappt hatte.

»Ich bin froh, dass du wieder da bist. Ich hab mir Sorgen gemacht«, sagte ihre Mutter.

»Aber ich war doch nur bei Patrick.« Wenn du wüsstest, dachte Lyra.

»Trotzdem. Ich bin tausend Tode gestorben, Lyra. Solange der Mörder noch frei rumläuft, gehst du abends nicht mehr weg.«

»Aber ich hab Ferien!«, protestierte Lyra.

»Du bleibst abends hier. Basta.«

Blöde Kuh, dachte Lyra und ging schweigend in ihr Zimmer.

»Gibt's keine Gute Nacht, Lyra?«, rief ihre Mutter von unten die Treppe hoch.

»Gute Nacht!«, rief Lyra hinunter und knallte die Zimmertür hinter sich zu.

Es dauerte sehr lange, bis sie in dieser Nacht einschlafen konnte.

ELF

Lyra stand vor der Polizeiwache und trat von einem Bein aufs andere. Warum kam Patrick nicht? Hatte er es sich anders überlegt? Wenn die Polizei zu ihr nach Hause käme, um weitere Fragen zu stellen, müsste sie ihrer Mutter sagen, dass sie mit Patrick bei den Bauruinen gewesen war. Ihre Mutter wäre außer sich! Womöglich hatte Patrick sich entschieden, die Sache einfach aufzugeben. Aber dann hätte er sie doch angerufen. Sie machte die Tasche auf und sah auf ihr Handy. Kein Anruf, keine SMS.

Endlich kam er mit seinem Mofa um die Ecke. Er hielt am Bordstein und schob den Helm hoch.

»Sorry, ich konnte nicht so schnell weg!«

»Hast du deiner Mutter gesagt, wo du hingehst?«, wollte Lyra wissen.

»Bist du verrückt?« Er setzte seinen Helm ab.

»Und wenn die Polizei bei uns zu Hause vorbeikommt, weil sie weitere Fragen hat?«, sagte Lyra.

Patrick zuckte die Schultern. »Glaub ich nicht. Und wenn, dann finden wir schon irgendeine Antwort, oder?«

Lyra seufzte. Insgeheim hatte sie gehofft, dass ihre Bedenken Patrick umstimmen würden. Doch nun gab es kein Zurück mehr. Lyra stülpte sich den Helm über und stieg hinter Patrick aufs Mofa.

Die Polizistin, die am Empfang saß, musterte die beiden kritisch. »Es geht also um Pia Hellmann, die ermordete Schülerin?«

Lyra und Patrick nickten.
»Geht in Zimmer 211. Das ist im zweiten Stock.«
Als sie sich umdrehten, sah Lyra, dass die Polizistin den Telefonhörer in die Hand nahm.
Schweigend stiegen sie die Treppe hinauf und gingen den Flur entlang, bis sie vor dem genannten Zimmer standen.
»Du klopfst!«, flüsterte Patrick. »Ich rede.«
Lyra atmete ein und aus und klopfte dann.
»Treten Sie ein!«, rief jemand von drinnen.
Ein Polizist saß hinter einem überladenen Schreibtisch. Langsam richtete er seinen Blick von den Unterlagen auf, die sich vor ihm stapelten. Er zog seine dichten schwarzen Augenbrauen nach oben. »Ja?«
Patrick räusperte sich. »Wir . . . wir kommen wegen Pia Hellmann.«
Der Polizist zog die Augenbrauen noch höher. »Aha.«
Patrick berichtete erst stockend, dann immer sicherer von dem Scherenschleifer, von der Bauruine und den Entdeckungen, die sie dort gemacht hatten. Der Polizist schwieg, als Patrick geendet hatte.
Der glaubt uns nicht, dachte Lyra.
Der Beamte wippte in seinem Bürosessel und ließ sich plötzlich nach vorn kippen. »Gut.« Er zog zwei Formulare aus der Schublade und schob sie vor Lyra und Patrick. »So, dann schreibt das noch mal genau so auf. Und Name, Alter und Telefonnummer nicht vergessen!«
Lyra warf Patrick einen fragenden Blick zu. Als Patrick ihr zunickte und zu schreiben anfing, nahm auch sie den Kugelschreiber, den der Beamte ihr entgegenhielt.
»Aber«, begann sie dann doch, »wollen Sie denn nicht gleich mitkommen?«
Der Polizist stieß einen Seufzer aus und klopfte auf den hohen

Stapel von Mappen neben sich. »Wisst ihr, wie viele Hinweise wir kriegen? Sogar Wahrsager behaupten zu wissen, wo wir den Mörder finden können.«
»Ja, aber . . .«, versuchte es Lyra noch einmal, doch der Beamte pochte mit dem Finger auf das Formular. »Alles der Reihe nach. Zuerst euren Namen.«
Lyra gab auf und füllte lustlos das Formular aus.
Erst auf der Straße redeten Lyra und Patrick wieder. Patrick schüttelte den Kopf. »So ein Idiot! Der hat gar keine Fragen gestellt, nichts! Noch nicht mal bedankt hat er sich für unseren Hinweis.«
»Der hat uns überhaupt nicht richtig zugehört!«, meinte Lyra.
»Wir müssen eben Beweise liefern, dass wir uns diese Geschichte nicht ausgedacht haben. Das sind wir Pia schuldig.« Patrick schloss sein Mofa auf und schob es neben Lyra her. »Lass uns an den Strand gehen und nachsehen, ob Bea und Oliver da sind.«
Lyra seufzte. Sie hatte gleich gewusst, dass es keine gute Idee war, zur Polizei zu gehen.

Lyra und Patrick trafen Oliver und Bea, als sie gerade die Stufen zum Strand hinunterstiegen.
»Ratet mal, wo wir waren!«, sagte Patrick geheimnisvoll.
Oliver zuckte gelangweilt mit den Schultern.
»Jetzt sagt schon!«, drängte Bea und sah Lyra und Patrick neugierig an.
Patrick berichtete von ihrem nächtlichen Ausflug und ihrem Besuch bei der Polizei. Die beiden waren tatsächlich beeindruckt, bemerkte Lyra, auch wenn Oliver versuchte, das geschickt zu verbergen. Aber er hatte die ganze Zeit kein einziges Mal gegähnt und sich auch seine Haarsträhne nicht aus der Stirn gestrichen.
»Und was sollen wir jetzt machen?«, wollte Bea wissen.

»Wir könnten es unseren Eltern sagen, die könnten dann zur Polizei gehen. Erwachsenen glaubt man mehr«, schlug Oliver vor.
»Niemals! Meine Mutter würde einen Anfall kriegen, wenn sie wüsste, dass ich mit Patrick nachts in der Bauruine war!«, sagte Lyra und schüttelte den Kopf.
»Meine würde mich nicht mehr mit dem Mofa wegfahren lassen«, sagte Patrick und verdrehte die Augen.
Sie standen eine Weile ratlos da, als Lyra plötzlich eine bekannte Stimme hörte.
»Hallo! Dass wir uns schon so bald wiedersehen!« Leander kam über die Promenade auf sie zu.
Lyra merkte, wie sie rot anlief.
»Wer ist das denn, kennen wir den?«, murmelte Bea.
»Hallo«, brachte Lyra hervor. Warum zitterte nur ihre Stimme so unangenehm? »Das ist Leander. Bea, Oliver und Patrick«, sagte sie rasch und deutete nacheinander auf ihre Freunde. Warum müssen sie ihn nur so anstarren?, dachte Lyra.
»Hallo!« Bea schob die Sonnenbrille aufs Haar und lächelte kokett.
»Schön, euch kennenzulernen. Ihr seid also Freunde von Lyra.« Leander sah lächelnd in die Runde, ohne Bea besondere Aufmerksamkeit zu schenken, wie Lyra befriedigt feststellte.
»Kann man so sagen, ja«, sagte Oliver, machte eine Kaugummiblase und ließ sie platzen.
Ein peinliches Schweigen folgte. Dass ihre Freunde so unhöflich waren, ärgerte Lyra. Ihr zuliebe hätten sie sich ruhig mal ein bisschen anstrengen und sich von ihrer besseren Seite zeigen können.
»Ihr könnt ja schon vorgehen, ich komme gleich nach«, sagte Lyra. Warum hatte sie Leander nicht allein begegnen können?
Oliver grinste zweideutig, Patrick zuckte gleichgültig mit den

Schultern, Bea schüttelte ihr Haar und warf Leander einen tiefen Blick zu.
»Also, nett, euch mal getroffen zu haben!« Leander hob die Hand zum Abschied.
Lyra sah den Freunden nach, wie sie zum Strand hinuntergingen und die Köpfe zusammensteckten. Sicher würden sie jetzt über Lyra und Leander lästern. Trotzdem – endlich waren sie weg! Lyra atmete auf.
Leander lächelte sie an. Wie nett er war. Und wie Bea ihn angesehen hatte! Aber er hatte überhaupt nicht reagiert!
»Komm, wir gehen ein bisschen spazieren. Immer nur rumsitzen, ist doch auch nichts, oder?«, schlug Leander vor.
Er ist irgendwie altmodisch, dachte Lyra. Aber warum nicht? Eigentlich war ihr egal, was sie machten. Sie hätte sich mit ihm an den Strand gelegt oder wäre in ein Café gegangen. Hauptsache, sie waren außer Sichtweite ihrer Freunde.
Sie gingen ein Stück die Promenade hinunter, vorbei an Cafés und kleinen Läden. Sie überlegte, ob sie ihm von ihrem Besuch bei der Polizei erzählen sollte. Doch dann ließ sie es sein. Sie wollte mit ihm jetzt nicht über Pia reden. Vielleicht reimten sie sich auch nur eine Horrorgeschichte zusammen. Wahrscheinlich waren das Foto und die Kette nur eine Erinnerung.
»Warte!«, er bückte sich und schüttelte einen seiner Flip-Flops aus. »Ein Stein.«
Und plötzlich fielen ihr wieder seine rätselhaften Geschichten über Kraken und ertrunkene Seeleute ein. »Du wolltest mir doch etwas erzählen«, erinnerte sie ihn, als er sich wieder aufrichtete.
»Ja. Wo waren wir stehen geblieben?«
»Bei dem Seemann, der nicht ertrunken war.«
Er dachte einen Moment nach. »Hast du mal von Churchill gehört?«

Verwundert sah sie ihn an. Was wollte er ihr jetzt sagen? »Ja, das war doch der englische . . .«, begann sie.
Er lachte.
Aber sie war sicher, dass es der englische Premierminister im Zweiten Weltkrieg war, das hatten sie doch erst im Unterricht gelernt! »Doch, bestimmt!«, sagte sie also.
Er schüttelte den Kopf und lächelte immer noch. »Schon, aber so heißt auch eine Stadt ganz oben im Norden Kanadas. Na, *Stadt* ist zu viel gesagt, eher eine Ansammlung von Häusern und einer Bar im ewigen Eis. Durch die Klimaveränderung ist die Hudson Bay immer länger eisfrei. Deshalb können die Schiffe aus dem Atlantischen Ozean dort einfahren und ihre Waren abladen, die dann von dort ins Land transportiert werden. Der Hafen soll groß ausgebaut werden. Und weißt du, was ich gemacht habe?«
Sie schüttelte den Kopf. Nein, sie hatte nicht die geringste Ahnung.
»Nun, ich habe Anteile an diesem Hafen gekauft. Er gehört mir sozusagen, zum Teil. Zu einem kleinen Teil, natürlich nur, aber immerhin.«
Sie konnte sich noch immer nicht vorstellen, wozu er das getan hatte und was er ihr überhaupt erzählen wollte.
Seine Augen funkelten. »Pass auf, wenn das Eis noch ein bisschen mehr geschmolzen ist, dann fahren Hunderte von Schiffen dort vorbei, weil die Strecke viel kürzer ist als die herkömmliche. Und alle Schiffe gehen in Churchill vor Anker, laden um, laden auf, die Besatzung lässt Geld in der Stadt! Da ist dann die Hölle los und ich verdiene kräftig dabei. Ich werde reich, ziemlich reich!« Er nickte zuversichtlich, den Blick lächelnd in die Ferne gerichtet.
Lyra verstand überhaupt nicht, was Leander ihr sagen wollte. »Und was hat das jetzt mit den Seeleuten und ihren Geschichten zu tun?«, wagte Lyra schließlich einzuwenden.

Plötzlich verwandelte sich Leanders Lächeln in ein Stirnrunzeln.

»Ich weiß nicht, wie ich es dir sagen soll.« Er seufzte und schüttelte den Kopf. »Ich weiß es wirklich nicht.«

»Sag es endlich. Ich werde schon nicht in Ohnmacht fallen«, drängte Lyra.

Er sah sie prüfend an, dann holte er tief Luft. »Gut, dann stelle ich dir jetzt eine wichtige Frage.«

»Ja?«

»Vertraust du eigentlich deiner Mutter?«

»Meiner Mutter?« Mit dieser Frage hatte sie überhaupt nicht gerechnet. Meistens vertraute sie ihrer Mutter schon, nur wenn Daniel im Spiel war, wurde ihre Mutter unzuverlässig und unberechenbar.

»Eigentlich schon«, antwortete sie zögerlich.

Leander zog nachdenklich die Stirn in Falten. »Als du letztes Mal sagtest, dass deine Schwester von einem Auto . . .« Er brach ab und sah sie ernst an.

Warum hat er nur Viola kennen müssen? Es wäre viel einfacher, wenn sie sich einfach nur so begegnet wären. Aber sie konnte es nicht ändern.

»Na ja, ich meine . . .« Er stammelte auf einmal.

»Was meinst du?«, drängte sie ihn. Was quälte ihn so?

»Na ja, weißt du, ich will jetzt nichts Schlechtes über deine Mutter sagen, aber – aber wie alt warst du damals? Fünf?«

»Ja.«

»Dann weißt du alles nur durch die Erzählungen deiner Eltern, oder?«, fragte er.

»Und die meiner Großeltern – aber was willst du damit sagen?« Er benahm sich wirklich sehr merkwürdig.

»Du kannst dich selbst nicht mehr erinnern?«, vergewisserte er sich.

Sie schüttelte den Kopf. »An das meiste nicht mehr.«
»Und du hast keinen Kontakt mehr zu deinem Vater?«
»Nein.« Sie dachte an die Geburtstagskarten, aber die zählten nicht.
»Hat deine Mutter dir gesagt, warum sie deinen Vater verlassen hat?«, fragte Leander weiter.
»Sie haben sich eben auseinandergelebt.« So erklärte es ihre Mutter jedes Mal.
»Und das hast du geglaubt?« Wieder sein prüfender Blick.
»Warum sollte ich es ihr nicht glauben?« Das Frage-und-Antwort-Spiel ging Lyra allmählich auf die Nerven. »Jetzt rück schon raus mit der Sprache!«
»Jaja, du hast ja recht«, beschwichtigte er sie. »Hör zu, ich weiß nicht, ob ich dir das zumuten kann.«
»Was?«
Er seufzte und sah aufs Meer hinaus. Sie waren an der kleinen Mole angekommen. Benommen folgte Lyra ihm über die großen Steine, die ins Meer gebaut worden waren, um den Yachthafen vor starkem Seegang zu schützen. Er sah zum Horizont, wo gerade ein Frachter vorbeizog. Sie stellte sich neben ihn auf denselben breiten Stein.
»Weißt du, warum ich zur See gefahren bin?«, fragte er.
»Weil du die Welt kennenlernen wolltest, wahrscheinlich.«
Er schüttelte den Kopf. »Nein, das war es nicht.«
»Was dann?«
Er drehte sich zu ihr und sah sie an. »Ich wollte deine Schwester vergessen.«
Sie merkte, wie sie schwankte, und fasste nach seinem Arm.
»He!« Er lächelte ein wenig. »Alles okay?«
Sie schluckte und nickte. Jetzt kapierte sie gar nichts mehr. Er musste total in Viola verliebt gewesen sein. Dabei hatte sie nur hin und wieder ein Hörnchen in der Bäckerei gekauft!

»Du siehst mich so komisch an, Lyra«, sagte er. »Du glaubst mir nicht, oder?«
»Doch, schon, aber . . .«, druckste sie herum.
Leander lächelte scheu. »Schon gut, Lyra. Es ist auch eine komplizierte Geschichte. Und du warst noch so klein, erst fünf.«
Ich hab keinen Schimmer mehr, was er mir erzählen will, dachte sie. Sie genoss es dennoch, neben ihm auf den Felsen zu stehen und aufs Meer zu schauen. Die Menschen am Strand auf ihren bunten Handtüchern und die Strandrestaurants mit ihren Rauchschwaden gegrillter Sardinen lagen hinter ihnen.
»Soll ich dir von deiner Schwester erzählen?«, fragte er und sah sie an.
»Ja.« Das meinte sie ehrlich. Ihre Schwester begann wieder lebendig zu werden. Jahrelang war sie von ihrer Mutter nur totgeschwiegen worden. Kein Bild existierte in der Wohnung. Nie wurde Viola erwähnt. »Du bist der Einzige, mit dem ich über sie reden kann«, sagte Lyra.
Er lächelte und legte den Arm um sie. Sie spürte einen Schauer über ihren Körper rieseln. Schweigend stand sie neben ihm und sah auf die Wellen, die an die Felsen schlugen und zum Horizont, wo der Frachter allmählich im fernen Dunst verschwand.
»Ich muss jetzt leider zur Arbeit. Aber wir können uns morgen wiedersehen, wenn du willst.« Er nahm den Arm von ihrer Schulter und ging voraus zur Promenade. »Übrigens, ich glaube, es ist besser, wenn du deiner Mutter nichts von unserer Begegnung erzählst«, sagte er zum Abschied.
»Das glaube ich auch«, stimmte Lyra zu. Sie winkte Leander zum Abschied und machte sich lustlos und in Gedanken versunken auf den Nachhauseweg.

ZWÖLF

Am Abend führte nichts mehr an einer Paella vorbei. Ihre Mutter stand bestens gelaunt und leise summend mit Schürze in der Küche und studierte nun zum x-ten Mal das Rezept, das sie von ihrer spanischen Friseurin bekommen hatte.

Lyra rührte widerwillig die Zwiebeln in der Pfanne. Sie wollte ja Paella essen – aber nicht kochen. Das hatte sie ihrer Mutter zu erklären versucht, aber die hatte gar nicht zugehört. Lyra vermutete, dass sie insgeheim das Rezept für Daniel ausprobieren wollte, um ihn mit ihrer plötzlich erblühten Leidenschaft fürs Kochen zu überraschen. Wie albern Erwachsene manchmal waren!

»Denkst du eigentlich manchmal noch an Viola?«, fragte Lyra und versuchte, beiläufig zu klingen. Ihre Mutter hörte sofort auf zu summen und starrte sie an.

»Du musst rühren, sonst klebt es an.« Ihre Mutter zeigte auf den Kochlöffel in Lyras Hand, als hätte Lyra die Frage gar nicht gestellt. »Wenn die Zwiebeln anbrennen, können wir noch mal von vorn anfangen!«

Mir doch egal, dachte Lyra. Ich hab nicht die Idee mit dieser Kocherei gehabt! »Warum gibst du mir keine Antwort?«, beharrte Lyra.

Ihre Mutter nahm ihr den Kochlöffel aus der Hand. »So wird das nichts, Lyra.« Hektisch schob sie die brutzelnden Zwiebeln im Topf herum, und als sie aufsah, stand ein unnatürliches Lächeln auf ihrem Gesicht. »Was rührst du die alten Sachen auf, Lyra?«

»Ich hab lediglich eine einfache Frage gestellt!«, gab Lyra zurück. Warum war ihre Mutter unfähig, auf eine einfache Frage

eine klare Antwort zu geben? Sie hätte auch weinen können, dann hätte Lyra sie in die Arme genommen und getröstet. Du hast doch mich, hätte Lyra vielleicht gesagt.
»Warum bist du so gereizt?« Ihre Mutter wurde laut, hob die Augenbrauen. Wie gut Lyra dieses Wütend-Gesicht kannte.
»Hat Viola eigentlich einen Freund gehabt?« Lyra hatte nicht die Absicht, so schnell aufzugeben.
»Warum reden wir darüber? Das ist doch schon so lange her!«, protestierte ihre Mutter und rührte und rührte.
»Na und?« Diese beiden Wörter mochte ihre Mutter überhaupt nicht.
Ihre Mutter holte Garnelen aus dem Kühlschrank.
»Hatte sie nun einen Freund?«, beharrte Lyra.
»Hör endlich mit Viola auf! Ich hab Jahre gebraucht, um darüber hinweg. . .« Ihre Mutter brach ab. »Ich hab dir alles gesagt. Und ich möchte nicht mehr darüber sprechen.«
Es hat keinen Zweck, ich kann mit ihr nicht vernünftig reden, dachte Lyra.
»Vergiss es! Kümmere dich um deine blöden Zwiebeln, ich hab keinen Hunger.« Lyra ging aus der Küche.
»Lyra!«, hörte sie ihre Mutter rufen. »Hör sofort auf, so mit mir zu reden!«
»Ich hab doch aufgehört!«, murmelte Lyra und warf ihre Zimmertür hinter sich zu. Ihre Mutter kapierte überhaupt nichts! Dabei las sie stapelweise Bücher und traf sich mit angeblich wichtigen und klugen Leuten! Die meisten Erwachsenen überschätzten gewaltig ihre Fähigkeiten.
Lyra legte sich aufs Bett, hörte Musik und schaltete irgendwann das Licht aus. Von unten aus der Küche hörte sie die Spülmaschine und gedämpfte Stimmen aus dem Fernseher.
Normalerweise kam ihre Mutter noch einmal hoch, um Gute Nacht zu sagen, aber heute kam sie nicht mehr.

Lyra schloss die Augen und überließ sich ihrer Müdigkeit. Sie träumte von dem Haus ohne Fenster und Türen, von dem Altar und dann sah sie Pia vor sich und dann ihre Schwester und auf einmal mischte sich ein Gesang in ihren Traum.

»Schlaf, meine Lyrali, schlaf ein, du musst keine Angst haben, schlaf ein, Lyrali, schlaf ein . . .«

Sie lauschte.

Das war die Stimme von Viola!

»Viola?« Sie wagte kaum zu atmen. »Viola?«

»Ja! Du kennst mich noch, oder? Du hast mich noch nicht vergessen, obwohl mich alle vergessen wollen.«

»Nein, ich hab dich nicht vergessen!« Lyra merkte, wie aufgeregt sie war.

»Das ist schön. Vermisst du mich?«

»Ja. Ich hätte gern eine ältere Schwester, die ich fragen könnte.«

»Verstehe. Und was ist mit Mama?«

»Mama versteht mich nicht.« Lyra seufzte.

»Ja, mich hat sie, als ich in deinem Alter war, auch nicht verstanden.«

Viola lachte. Ein helles Lachen, als würden Glaskugeln läuten.

»Viola?«

Erschrocken und mit laut pochendem Herzen fuhr Lyra hoch. Sie schaltete das Licht an. Natürlich war niemand im Zimmer. Fahle Streifen Mondlicht fielen durch den Fensterladen auf Lyras Bettdecke. Sie hielt den Atem an, bewegte sich nicht. Aber nein, da war keine Stimme. Ich hab geträumt, seufzte sie. Es war bloß ein Traum!

DREIZEHN

Weder ihrer Mutter erzählte Lyra etwas von ihrem Traum noch Patrick, der am Morgen an ihrer Tür läutete.
»Kommst du noch mal mit, zur Bauruine?«, fragte er.
»Was willst du dort?«, wollte Lyra wissen.
»Wir haben vergessen, Fotos zu machen!« Er deutete auf sein Handy. »Dann können wir der Polizei wenigstens was zeigen! Sie müssen uns glauben – und wenn die Kette Pia gehört, haben wir einen Beweis!«
»Ich weiß nicht.« Der letzte Besuch bei der Polizei hatte sie entmutigt. Wahrscheinlich war die Polizei mit ihren Ermittlungen inzwischen schon viel weiter.
»Dann fahr ich eben allein.« Patrick ging zu seinem Mofa.
Lyra überlegte. Was sollte sie heute sonst machen? Sie hatte keine Lust, alleine zu Hause zu sitzen und über ihren Traum von letzter Nacht nachzugrübeln. »Nein, warte – ich komme doch mit!«
Patrick griff nach hinten, hielt ihr grinsend den Helm entgegen. Lyra verschwand noch mal kurz im Haus, um den Wohnungsschlüssel zu holen. Im nächsten Moment saß sie auf dem Sitz und schlang gerade die Arme um Patricks Taille, als er auch schon losbrauste.
Im Tageslicht sah die Bauruine gar nicht mehr bedrohlich aus. Die überwachsenen Mauern, die glaslosen Fenster, der verwitternde Putz – alles wirkte einfach nur traurig und im Stich gelassen.
Warum lebte der Scherenschleifer so abgeschieden? Verdiente

er denn so wenig Geld? Lyra dachte an die acht Euro, die die vier Messer gekostet hatten. Es gab sicher nicht mehr viele Leute, die seine Dienste in Anspruch nahmen. Aber er war doch jung und hätte etwas anderes arbeiten können. Irgendetwas, mit dem man mehr Geld verdiente.
Patrick stellte das Mofa diesmal auf die Rückseite des letzten Hauses in der Reihe. Von der Straße aus war es so nicht zu sehen.
»Woher weißt du, dass er nicht da ist?«, fragte Lyra und setzte den Helm ab. Patrick grinste. »Siehst du etwa sein Moped?«
»Nein.« Sie hatte beim Herfahren schon danach Ausschau gehalten, es aber nicht gesehen.
»Na also.« Er sah sie mit einem Ausdruck von Heldenhaftigkeit an. Lyra begriff: Er wollte, dass sie ihn bewunderte. »Gehen wir«, sagte sie aber nur. Für Bewunderung, fand sie, war es noch viel zu früh.
Sie stiegen über Unkraut, aufgerissene Betonplatten und hochgebogene, rostige Eisengitter, bis sie in der »Wohnung« des Scherenschleifers standen. Alles sah so aus wie beim letzten Mal. Lyra nahm ihr Handy und fotografierte die zusammengeknüllte Decke auf dem Pappkarton, den Altar mit der heruntergebrannten Kerze. Sofort fielen ihr die frischen Blumen im Glas auf und sie schoss auch davon ein Foto.
»Sieh mal, er trinkt Kaffee.« Patrick zeigte auf eine kleine, verklebte Kaffeemaschine, die neben der Schlafstelle auf dem nackten Boden stand.
Die Blumen und der Kaffee gaben der Behausung etwas Belebtes und machten sie dadurch erst recht unheimlich. Lyra war, als könnte der Scherenschleifer plötzlich auf der Decke liegen oder auf einer der Kisten sitzen und Kaffee schlürfen. Ein Geräusch ließ sie zusammenfahren. Es hörte sich an, als würde jemand mit einem Gegenstand auf eine Mauer schlagen. Der Scherenschleifer!

»Meinst du, er kommt?«, flüsterte sie.
»Ich weiß nicht.« Auch Patrick hatte sich geduckt.
Lyra reckte sich, um aus der Fensteröffnung hinauszusehen. Sie konnte niemanden entdecken. Vielleicht schlug der Wind ein Kabel oder einen Ast an die Wand? Ein Eisengitter zitterte und machte dabei seltsame metallische Geräusche
»Lass uns verschwinden!«, sagte sie zu Patrick. Sie wollte so schnell wie möglich hier heraus.
»Warte mal!« Patrick hielt einen Zeitungsausschnitt hoch. »Lag da unter dem Karton.«

VERMISSTE SCHÜLERIN TOT

Gestern Nachmittag wurde die Leiche der fünfzehnjährigen Pia H. an der Straße zwischen Marbella und Ojén gefunden. Laut Polizeiangaben wurde die Schülerin erwürgt. Das Mädchen galt seit zwei Tagen als vermisst, weil es nach der Schule nicht nach Hause gekommen war.
Die Eltern von Pia H. betreiben in der Umgebung von Marbella ein erfolgreiches Immobilienunternehmen. Möglicherweise war eine Entführung mit Lösegeldforderung geplant, die aber schiefgelaufen ist. Die Ermittlungen der Polizei laufen auf Hochtouren. »Wir gehen jedem Hinweis nach«, sagte ein Sprecher der Polizei.

Lyra sah entsetzt auf. Patrick fotografierte den Artikel und legte ihn an seinen Platz zurück. Danach rannten sie aus dem Haus. Auf dem Rückweg in die Stadt sprachen sie kein Wort. In Lyras Kopf überschlugen sich die Gedanken. Sie war vollkommen durcheinander und schockiert. Vielleicht sollten sie wirklich noch einmal zur Polizei fahren. Falls die Beamten nicht schon längst in der Wohnung gewesen waren, hatten sie nun wenigstens einen Beweis, dass sie sich die Geschichte über den Scherenschleifer nicht ausgedacht hatten.

Wenige Minuten später betraten sie also wieder die Polizeistation. Lyra hoffte, dass wenigstens ein anderer Beamter Dienst hatte, doch es saß derselbe Polizist wie letztes Mal am Schreibtisch und hob seine buschigen Augenbrauen.
»Wir haben ein paar Fotos!« Patrick ließ sich nicht einschüchtern. »Lyra, zeig sie ihm.«
Lyra ließ die Fotos auf dem Display erscheinen. Der Polizist betrachtete sie schweigend.
»Und was wollt ihr damit beweisen?«
»Wir wollten nur . . .«, begann Lyra, doch Patrick fiel ihr ins Wort. »Vielleicht weiß der Scherenschleifer mehr über den Mord?«, schaltete er sich ein.
Der Beamte nickte gelassen, zog zwei Formulare aus der Schublade und schob sie ihnen über den Tisch. »Wo, wann und wie ihr die Fotos gemacht habt – da eintragen. Und Name, Adresse, Geburtsdatum nicht vergessen.« Er griff zum Handy, doch Patrick war schneller. »Immer mit der Ruhe, du kriegst es ja in den nächsten Tagen wieder!«
»Nein!« Patrick sprang auf. »Ich schicke Ihnen die Fotos per Mail!«
»Wie ihr wollt«, brummte der Beamte und wandte sich gelangweilt wieder seiner Arbeit zu.
Lyra starrte auf das Formular, dann auf den Stapel Unterlagen, der seit ihrem letzten Besuch noch höher geworden war – und ihr Zettel würde wahrscheinlich ganz unten landen. Rasch stand sie auf, murmelte hastig einen Abschiedsgruß und folgte Patrick zur Tür hinaus.
»Dieser Polizist ist einfach unmöglich!«, schimpfte Lyra draußen auf dem Flur.

Patrick sah sie ernst an. »Wir haben die Polizei informiert und das Einzige, das wir jetzt noch tun können, ist, dass wir einfach weiterhin den Scherenschleifer im Auge behalten. Das sind wir Pia schuldig.«

Lyra fand, dass er recht hatte. »Ja. In Ordnung.«

Nachdem Patrick Lyra nach Hause gefahren hatte, verabschiedete er sich von ihr. »Ich fahre noch ein bisschen rum.«

»Musst du nicht nach Hause?«, fragte Lyra.

»Ach, meine Mutter ist froh, wenn ich ihr nicht auf die Nerven falle.«

»Malt sie an einem großen Bild?«, fragte Lyra. Sie wusste, dass Patricks Mutter dann nicht ansprechbar war.

Er schüttelte den Kopf. »Sie ist gerade auf ihrem Fitness- und Esoterik-Trip.«

»Kenn ich«, winkte Lyra ab. »Was glauben die eigentlich, was sie mit vierzig noch retten können?«

Patrick grinste und zuckte die Schultern. »Bis morgen dann.« Er gab Gas und fuhr davon.

Lyra schloss die Tür auf. Ein Zettel lag auf dem Tisch.

Paella im Kühlschrank, Mama

Eigentlich war es Lyra ganz recht, dass ihre Mutter nicht zu Hause war, aber so allein hier rumzusitzen, machte auch keinen Spaß. Lyra schaltete den Fernseher an. Sie hatte tatsächlich Hunger und stellte die Paella in die Mikrowelle. Gespannt wartete sie auf die Lokalnachrichten. Vielleicht gab es Neuigkeiten. Die Mikrowelle klingelte und Lyra setzte sich mit dem Essen vor den Fernseher.

Es kam gleich als erste Nachricht. Die Polizei suchte einen Mitarbeiter der Telefongesellschaft *Telefonica.* Er war wegen Vergewaltigung und Körperverletzung vorbestraft und heute nicht zur Arbeit erschienen. An jenem Nachmittag hatte ein Augenzeuge ihn mit Pia zusammen gesehen.

Schlagartig wurde Lyra klar, warum der Polizist so uninteressiert gewesen war. Natürlich hatte er schon längst von diesem Verdacht gewusst. Aber er hätte ihr und Patrick doch sagen können, dass sie jemanden im Visier hatten! Richtig erleichtert fühlte Lyra sich allerdings nicht. Wie oft wurden Vorbestrafte vorschnell zum Täter erklärt! Und weshalb der Scherenschleifer Foto, Kette und die Zeitungsnotiz aufbewahrte, blieb ein Rätsel.

Ziellos zappte Lyra durch die Programme und blieb bei einem Krimi eines französischen Senders hängen. Eine Mutter presste ihr Baby an sich und rannte über die Straße. Hinter ihr liefen Polizisten und Fotografen her. Die Frau stieg in ein Auto, das augenblicklich davonschoss. Die Szene kam Lyra bekannt vor. Nicht, als ob sie den Film schon mal gesehen hätte, nein, sondern so, als hätte sie diese Situation selbst erlebt. Aber das konnte ja wohl nicht sein, oder? Sie grübelte noch darüber nach, als die Haustür aufging.

»Du siehst einen französischen Film!«, rief ihre Mutter bewundernd und drückte ihr einen Kuss auf die Wange. Dann ließ sie sich auf die Couch fallen und blies eine Strähne aus dem Gesicht.

Sie scheint überhaupt nicht mehr böse zu sein wegen gestern, stellte Lyra fest.

»Die Polizei hat einen Verdächtigen festgenomm. . .«

»Ich weiß«, fiel Lyra ihr ins Wort.

»Es ist so schrecklich! Solche Leute sollte man für immer wegsperren!«

Lyra antwortete nicht. Der Film verwirrte sie.

»Siehst du schon den ganzen Tag fern?«, fragte ihre Mutter, während sie gebannt auf den Bildschirm starrte.

Nein, ich war in der Wohnung des Scherenschleifers, weil ich geglaubt habe, dass er Pia ermordet hat, hätte sie sagen können. Schnell verwarf sie diesen albernen Gedanken und fragte: »Hast du auch schon mal was gesehen und dabei warst du dir ganz sicher, dass du so etwas selbst erlebt hast, aber du kannst dich nicht mehr erinnern?«

»Ja, so was gibt's. Vor allem wenn man unter Stress steht. Ist alles in Ordnung?« Ihre Mutter sah sie besorgt an.

Nein, nichts ist in Ordnung, wollte Lyra sagen.

»Eine Mutter hat ihr Kind an sich gepresst und ist über die Straße gelaufen. Polizisten und Fotografen waren hinter ihr her. Das kommt mir irgendwie bekannt vor.«

Warum sah ihre Mutter sie auf einmal so komisch an?

»Was meinst du, warum mir das bekannt vorkam?«, fragte Lyra.

»Es gibt viele Bilder, die wir mit uns herumtragen. Vielleicht hast du ja den Film schon mal gesehen? Oder einen ähnlichen?«, meinte ihre Mutter abwesend.

Versteht sie mich denn nicht? »Aber das war ich, das Kind! Ich!« Lyra schlug mit der Hand auf ihre Brust. »Und du warst die Mutter!« Das war ihr gerade klar geworden.

Der Blick ihrer Mutter war verstört. Doch im nächsten Moment setzte sie ein mitleidiges Lächeln auf. »Lyra, Schätzchen, ich weiß, das mit Pia war ein großer Schock.«

Lyra war verzweifelt. Ihre Mutter *wollte* sie nicht verstehen.

»Wir müssen noch einkaufen fahren.« Ihre Mutter klimperte mit dem Autoschlüssel.

Auch das noch, dachte Lyra. »Muss ich da mit?«

»Aber ja, wir brauchen auch Sachen für dich, außerdem musst du mir tragen helfen. Und schließlich hast du Ferien, also keine Widerrede!«

Widerwillig stand Lyra auf. Sie wollte begreifen, was gerade geschah und was geschehen war. Sie bemerkte, dass sie kaum etwas von der Paella gegessen hatte.

Während der Fahrt zum Einkaufscenter starrte Lyra aus dem

Fenster. Hin und wieder warf sie aus den Augenwinkeln einen Blick auf ihre Mutter. Lyra war sicher, dass sie ihr etwas verschwieg. Etwas Wichtiges. In diesem Moment fing ihre Mutter ihren Blick auf, aber auch sie sagte nichts.

VIERZEHN

Lyra schob den Einkaufswagen über den Parkplatz zurück zum Eingang. Es wurde schon langsam dunkel und das Neonlicht des Supermarktes brannte grell.

Anderthalb Stunden hatten sie gebraucht. An jeder einzelnen Theke hatten sie anstehen müssen – für Wurst, Käse und Fisch. Währenddessen hatte ihre Mutter über belanglose Dinge geplaudert und Lyra hatte nur einsilbig geantwortet. Ihr ging einfach der Krimi nicht mehr aus dem Kopf. Sie wusste, diese Filmszene hatte an irgendetwas aus ihrer Vergangenheit gerührt. Aber je angestrengter sie nachdachte, desto verschwommener wurden die Bilder in ihrem Inneren. Dieser Zustand machte sie wahnsinnig!

Die ganze Stadt schien heute Abend einzukaufen und Lyra musste sich den Rückweg zum Auto durch eine lange Autoschlange bahnen. Endlich hatte sie es geschafft. Lyra ließ sich stöhnend auf den Beifahrersitz fallen. Ihre Mutter ließ den Motor an und legte den Rückwärtsgang ein.

»Ach, so was, das liebe ich!« Ihre Mutter sah genervt in den Innenrückspiegel. »Lassen die einen denn nie in Ruhe!«

»Was ist?«, fragte Lyra gelangweilt und steckte sich einen Kaugummi in den Mund. Warum konnte ihre Mutter nicht allein diese öden Einkäufe machen? War doch völlig überflüssig, dass Lyra mitging.

»Da hat jemand eine Werbung unter den Scheibenwischer geklemmt! Schätzchen, komm spring raus und nimm diesen Zettel weg. Ich kann hinten nichts sehen«, sagte ihre Mutter.

»Ich denke, wir fahren vorwärts, wie die anderen auch«, gab Lyra zurück und machte eine Kaugummiblase.
»Das ist nicht witzig, Lyra!« Ihre Mutter gab ihr einen Klaps auf den Oberschenkel. »Komm schon, Süße!« Normalerweise würde ihre Mutter einen Vortrag darüber halten, wie unhöflich Kaugummikauen auf andere wirkte.
Lyra machte eine weitere Blase, schnallte sich besonders langsam ab und stieß widerwillig die Tür auf. Sie ging zur Heckscheibe, zog den Flyer unter dem Scheibenwischer weg und ließ ihn achtlos auf den Boden segeln. Wenn es nach ihrer Mutter gegangen wäre, hätte sie ihn natürlich in den Mülleimer werfen sollen, der zehntausend Kilometer entfernt am Eingang stand. Lyra wollte gerade einen Fuß über den Zettel setzen, als ihr Blick an einem Wort hängen blieb. Es prangte da unten, einen Fingerbreit neben ihrem Schuh, schwarz auf weiß auf dem Flyer: *Medium – Kontakte zur anderen Welt.*
Einen Moment stand Lyra unbeweglich da und starrte gebannt auf dieses Wort, als wäre es ein Zauberwort. Ohne weiter nachzudenken, bückte sie sich und stopfte den Flyer in die Hosentasche ihrer Jeans.
»Was hast du da draußen so getrödelt?«, fragte ihre Mutter, als Lyra sich wieder anschnallte.
»Den Zettel entfernt, damit wir rückwärts nach Hause fahren können!« Lyra zog eine Grimasse und kaute schmatzend auf ihrem Kaugummi.
Ohne weiteren Kommentar stieß ihre Mutter zurück. Sie hat sich wohl vorgenommen, sich nicht aufzuregen, dachte Lyra und ließ die Blase platzen. Mist, der Kaugummi klebte an ihrer Nase.
Stumm starrte Lyra auf dem Heimweg aus dem Fenster. Kontakte zur anderen Welt, das war doch reinster Quatsch! Sie hätte den blöden Zettel liegen lassen sollen. Andererseits . . . wenn es

doch möglich wäre? Es gab ja wirklich die verrücktesten Sachen . . .

Nachdem sie die Einkaufstüten ausgeräumt hatten, ging Lyra in ihr Zimmer, obwohl ihre Mutter noch etwas zu essen machen wollte.

»Hab keinen Hunger«, sagte Lyra.

»Aber du weißt, dass in der Nacht die DNA der Zellen repariert wird. Dazu braucht der Körper Eiweiß und ein paar Kohlenhydrate, damit man besser schläft!«, sagte ihre Mutter.

Mir doch egal, dachte Lyra. Sollten die verdammten Zellen doch tun und lassen, was sie wollten, und gut schlafen würde sie sowieso nicht. Geräuschvoll ließ sie ihre Tür ins Schloss fallen.

Bevor Lyra ins Bett ging, kramte sie den zerknüllten Zettel aus ihrer Hosentasche. Ob sie es einfach wagen sollte? Konnte ja nicht schaden. Und selbst, wenn sie dabei nichts erfahren sollte, war es ja vielleicht ganz lustig, sich diesen Hokuspokus mal anzusehen.

In der Nacht mischte sich die Szene aus dem Film in Lyras Träume und langsam, ganz langsam, stieg eine Erinnerung in ihr auf.

Fremde Männer und eine Frau sind in unserem Wohnzimmer, nein, sie sind überall in der Wohnung. In meinem Zimmer und in dem von Viola und in der Küche. Kaffeetassen stapeln sich auf dem Esstisch, grelle Lichter blitzen auf – Blitzlichter. Es riecht nach Zigarettenqualm.

Irgendwann spüre ich Mamas Körper. Sie presst mich an sich. Sie hält mich so fest, dass ich kaum atmen kann. Ich schmecke Salz. Salzige Tränen. Mama weint. Papa steht neben ihr.

»Wo ist Viola?«, schreie ich. Mama weint noch stärker, presst mich noch fester an sich, wiegt mich, flüstert: »Mein Kind, mein Kind, mein Kind . . .«

Dann rennen wir über die Straße. Mama hält mich auf dem Arm. Aber es ist dunkel, ich sehe nichts. Ich habe etwas über dem Kopf – ihren Pullover. Er riecht nach ihrem Parfüm.
Wo ist Papa?
Wir steigen ins Auto, Mama fährt los. Endlich sehe ich wieder etwas. Es ist gar nicht Nacht, sondern Tag. »Wir fahren zu Opa und Oma nach Ludwigshafen«, sagt Mama. »Warum, warum, warum kommt Viola nicht mit?«, heule ich.
Keine Antwort.
Später sehe ich in das Gesicht von Oma. Ihre Augen sind rot und sie schnäuzt sich in ein zerknülltes Taschentuch. Opa ist bleich und schüttelt nur noch den Kopf, murmelt: »So was, so was . . .«
»Wo ist Viola? Und wo ist Papa?«, frage ich immerzu. Aber niemand gibt mir eine Antwort.

Lyra riss die Augen auf. In erschreckender Klarheit waren die Bilder vor ihr abgelaufen.
Nein, das war kein Traum. Das war die Wirklichkeit. Eine vergangene Wirklichkeit.
Sie versuchte, wieder einzuschlafen, aber es ging nicht. Also stand sie auf und ging in die Küche, trank ein Glas Orangensaft und tappte die Treppe wieder hinauf.
»Lyra?«, hörte sie ihre Mutter aus dem Schlafzimmer rufen. »Was ist los?«
»Ich kann nicht schlafen«, antwortete Lyra. Jetzt macht sie mir sicher gleich Vorhaltungen, dass ich selbst schuld bin, weil ich nichts gegessen habe, dachte Lyra.
»Hast du schlecht geträumt?«, fragte ihre Mutter weiter.
Lyra ging weiter den dunklen Flur entlang, zum Schlafzimmer ihrer Mutter. Ihre Mutter schaltete die Nachttischlampe an und kniff die Augen zusammen.
Lyras Traum war ihr eben noch so real erschienen, doch jetzt in

der grellen Helligkeit verblasste er wie ein Schatten in der Sonne.
»Mama?«, begann sie dennoch.
»Ja?«
»Warum hatte ich deinen Pullover über dem Kopf und warum waren da überall Blitzlichter . . . damals als Viola verunglückte?«
Der Blick ihrer Mutter wurde starr. »Wieso . . .«, flüsterte ihre Mutter, dann versagte ihre Stimme.
»Es war kein Traum. Und als ich heute den Film gesehen habe, da . . .«
Ihre Mutter setzte sich auf. Sie zögerte, dann sagte sie: »Ja, Lyra. Du hast recht. Da waren Fotografen und Polizisten, es gab sehr viel Medienrummel, als Viola damals umkam. Ich dachte, es wäre besser, wenn du alles vergessen könntest, aber das hast du ja wohl nicht.« Sie seufzte.
»Nein.« Lyra schüttelte den Kopf.
»Ach, Lyra, wir können nichts mehr ändern. Aber nun weißt du alles.« Sie seufzte wieder.
Lyra musterte ihre Mutter. Nein, das war nicht alles.
»Meinst du, du kannst jetzt wieder schlafen?« Ihre Mutter strich ihr übers Haar.
»Du sagst mir auch immer die Wahrheit, oder?«, fragte Lyra.
»Aber sicher!«
Das Lächeln ihrer Mutter war nicht echt.
»Ich glaube dir nicht«, sagte Lyra und stand auf.
»Lyra!«
Lyra blieb im Türrahmen stehen. Wie würde ihre Mutter wohl reagieren, wenn Lyra von Leander erzählen würde, der Viola gekannt hatte?
»Ich wollte dich schützen, Lyra! Deshalb habe ich dir so wenig wie möglich erzählt. Es ist so schrecklich, einen geliebten Men-

schen . . . ein Kind . . . eine Schwester zu verlieren . . .« Lyras Mutter musste schlucken. »Ich habe es ja nur gut gemeint!« Lyra nickte und murmelte: »Ja, schon in Ordnung.«

Ich meine es ja nur gut – wie sehr sie diese Ausrede hasste! Lyra legte sich wieder ins Bett und starrte ins Dunkel.

FÜNFZEHN

Als Lyra am Morgen in die Küche kam, wunderte sie sich, dass ihre Mutter noch da war. Sie würde wohl später ins Büro gehen.
»Guten Morgen«, brummte Lyra und nahm den Orangensaft aus dem Kühlschrank.
»Guten Morgen, mein Schatz!« Ihre Mutter gab ihr einen Kuss auf die Wange. »Ich habe gerade mit Daniel telefoniert.«
Auch das noch! Sicher hat sie über die Probleme gesprochen, die sie mit mir hat, dachte Lyra und sagte: »Und?« Sie verschüttete den Orangensaft beim Einschenken auf dem Küchenboden. Mist!
Aber ihre Mutter nahm überhaupt keine Notiz davon. Sonst verlangte sie immer sofort, dass Lyra es aufwischte.
»Ach Lyra, sei doch nicht so grummelig! Pass auf: Daniel und ich«, fuhr ihre Mutter fort, den Orangensaft auf dem Boden ignorierend.
Ja, klar, ich weiß, ich stehe euch nur im Weg, hätte Lyra am liebsten gesagt und stellte den Orangensaft zurück in den Kühlschrank.
»Daniel und ich wollten gern mit dir am Wochenende nach Tarifa fahren.«
Tarifa, der Surfer-Ort am Atlantik! Klar, gern wäre sie dort hingefahren, aber mit Daniel? Daniel, Daniel . . . objektiv betrachtet war er ja ganz nett, nicht nur zu ihrer Mutter, aber eigentlich wollte sie ihre Mutter nicht mit einem anderen teilen. Ziemlich widersprüchlich, Lyra, sagte sie sich. Denn auf der anderen Seite war sie ja froh, wenn sie nicht dauernd bemuttert

wurde. Lyra seufzte. Warum gab es so selten einfache Antworten auf klare Fragen?

»Du könntest surfen – und Daniel wollte mal seine neue Kite-Surf-Ausrüstung ausprobieren, was hältst du davon? Ist doch eine Supersache, oder nicht?« Ihre Mutter sah sie ermunternd an.

Klar, darum geht es, um ihn und sein Surfen. Mein Gott, weiß er eigentlich, wie lächerlich ein grauhaariger Achtundvierzigjähriger in Surfklamotten ist?

»Fahrt doch allein«, sagte Lyra also.

»Aber Engelchen . . .« Lyra wusste, wenn ihre Mutter sie so nannte, dann befanden sie sich gefährlich nah am Rande eines Sturmtiefs.

»Engelchen, ich will doch auch mit dir zusammen sein. Und außerdem hast du Ferien und es täte dir gut, mal rauszukommen.«

Mit Daniel zum Surfen – nein danke. »Ich würde gern Papa mal wiedersehen«, sagte Lyra, statt eine Antwort zu geben.

Ihre Mutter sah sie mit diesen großen Augen an, die sie hatte, wenn sie tagsüber im Liegestuhl lag und träumte oder an etwas ganz weit Entferntes dachte.

Eben habe ich sie kalt erwischt, dachte Lyra und freute sich darüber. Heute war sie in Kampfstimmung. »Lässt er eigentlich wirklich nie etwas von sich hören?«, fragte Lyra weiter.

»Er schickt dir doch zu jedem Geburtstag eine Karte – und Geld«, sagte ihre Mutter. Ihre Mundwinkel zuckten. Das Thema mochte sie nicht.

Lyra winkte ab. Die Karten klangen jedes Mal gleich. Sie hatte die letzten drei aufgehoben, um zu überprüfen, ob ihr Vater sich die Mühe gab und jedes Jahr einen neuen Text erfand. Tat er nicht. Oder so gut wie nicht.

»Ich meine, er könnte sich ja auch bei dir melden«, sagte Lyra und nippte am Orangensaft.

»Aber Lyra-Schätzchen, wir sind seit fast zehn Jahren geschieden.« Ihre Mutter versuchte, ruhig zu bleiben.
»Trotzdem«, beharrte Lyra.
Ihre Mutter schüttelte den Kopf. »Ich weiß, dass es nicht leicht für dich ist.«
Lyra nahm ihr Seufzen zur Kenntnis, aber sie war sich nicht sicher, ob es echt war.
»Aber«, fuhr ihre Mutter fort, »wir haben uns nun mal getrennt. Wenn du älter bist, dann kannst du das bestimmt besser verstehen.«
Immer wieder dieselbe Leier. Die Erwachsenen glaubten immer, sie hätten den vollen Durchblick und man müsste erst einmal so alt wie sie werden, um das Leben zu verstehen. Aber Lyra wollte ihrem Leben jetzt einen Sinn geben.
»Ich hab jedenfalls keine Lust auf Tarifa.« Lyra stellte ihr benutztes Glas in die Spülmaschine.
Daniel in einem Quicksilver-T-Shirt! Daniel mit seinen coolen Sprüchen, die er sich von ihr oder anderen Jugendlichen stahl. Lyra sah es schon vor sich: Tagsüber machte er einen auf jugendlich, aber abends würden sie in einem spießigen Restaurant essen gehen.
Nein, sie hatte nicht die geringste Lust auf Tarifa mit Daniel. Außerdem wollte sie Leander treffen.
»Warum kannst du nicht einfach einmal Ja sagen?«, fragte ihre Mutter. »Andere Mädchen in deinem Alter wären froh, wenn . . .«
». . . wenn man ihnen so etwas bieten würde!«, äffte Lyra ihre Mutter nach.
»Ja! Du begreifst einfach nicht, was ich für dich tue!«
»Doch, doch, du opferst dich auf!« Lyra ging aus der Küche. Sie hielt es nicht mehr aus.
In ihrem Zimmer packte sie hastig ihre Badesachen. Als sie hinunterging, war ihre Mutter zum Glück schon fort.

Auf dem Weg zum Strand klingelte sie bei Patrick. Er machte auf, begleitet vom freudigen Bellen des Labradors.
»Hallo!«, sagte sie und streichelte Tiger, der sich gleich an Patrick vorbeidrückte.
»Hallo!«, sagte Patrick. »Komm rein.« Er schloss die Tür hinter ihr.
»Ist das jemand für mich?«, kam die Stimme von Patricks Mutter durch die schwere Holztür am Ende des Flurs.
»Nein!«, gab Patrick zurück und sagte an Lyra gewandt: »Ich hab sie heute Morgen noch gar nicht gesehen. Ich glaube, sie hat die Nacht durchgemalt.« Er verdrehte die Augen.
Der Geruch der Acrylfarbe durchzog das ganze Haus. Lyra stellte sie sich vor, wie Frau Merz inmitten fleischfressender Pflanzen, quakender Riesenkröten, armdicker Schlangen und wuchernder Gummibäume um ihr Leben malte, bevor sie vom Urwald und seinen gierigen Tieren verschlungen wurde.
»Alles okay?«, fragte Patrick und sah sie mit einem besorgten Blick an.
»Jaja!«, versicherte Lyra rasch und musste unwillkürlich lächeln, als sie seine besorgte Miene sah. »Ich hatte nur Stress mit meiner Mutter.«
»Hallo, Lyra!« Lyra drehte sich um. Patricks Mutter stand im Türrahmen ihres Ateliers. Ohne von Schlingpflanzen gewürgt zu werden und ohne Python um den Hals, wie Lyra enttäuscht feststellen musste. Sie hatte nur braune Farbstreifen im Gesicht und einen grellgrünen Streifen im Haar. Die perfekte Tarnung in ihrem eigenen Urwald, dachte Lyra.
»Hallo, Frau Merz.«
»Es ist schrecklich, was mit Pia passiert ist.« Frau Merz wischte sich die Hände an ihrem Malerkittel ab, der ebenfalls mit seinen Flecken wie ein Tarnanzug aussah. »Aber es sieht ja so aus, als hätten sie den Täter gefunden, diesen Telefonica-Mitarbeiter!«

Sie seufzte und starrte einen Moment abwesend in die Ferne. Doch dann setzte sie ein aufmunterndes Lächeln auf und sagte: »Heute ist Markt in Ojén, wollt ihr nicht mitkommen?«
»Und dein Bild?«, fragte Patrick.
»Gerade fertig geworden!«
Lyra sah Patrick an. Er sah unentschlossen aus. Aber warum nicht, es wäre mal eine Abwechslung.
»Ja, warum nicht?« Lyra lächelte Patrick zu, der die Schultern zuckte und sagte: »Ja, klar, warum nicht.«
»Prima!«, sagte Frau Merz. »Ich bin gleich fertig!«
Sie eilte ins Bad und kaum zehn Minuten später stand sie im Wohnzimmer. Von Tarnfarben und Tarnanzügen keine Spur mehr. Sie sah aus wie eine ganz harmlose Mutter.
»Schaltet den Kasten ab und kommt!« Sie deutete auf den Fernseher und warf Patrick die Hausschlüssel zu, die er in der Luft auffing. »Du schließt ab! Und du, Tiger, passt schön auf unser Haus auf!«
»Ich hätte aber lieber die Autoschlüssel!«, meinte Patrick.
»Werd noch ein bisschen älter, Schätzchen!«, erwiderte Frau Merz mit einem süßlichen Lächeln und fuhr dem bellenden Tiger noch einmal durchs Fell.

SECHZEHN

Als sie über die gewundene Bergstraße fuhren, hielt Lyra nach der Stelle Ausschau, an der man Pia gefunden hatte. Aber sie konnte sie nicht entdecken, vielleicht saß sie auf der falschen Seite. Es könnte überall gewesen sein, hier an dem kleinen Pinienwäldchen, dort an dem Felsbrocken oder da, nach der Straßenbiegung? Kein Absperrband wehte mehr im Wind, die Gegend sah so harmlos aus. Keine Spur von der schrecklichen Tat war zurückgeblieben.

Nach einer guten Viertelstunde Fahrt erreichten sie das Dorf, dessen weiße Häuser wie Schwalbennester am Berg klebten. Frau Merz fand am Ortseingang gerade noch einen Parkplatz. Der Markt war in der ganzen Umgebung bekannt und stets gut besucht. Nach schweißtreibendem Rangieren stellte Frau Merz endlich den Motor ab und sie konnten aussteigen.

»Wir treffen uns in einer Stunde wieder am Café dahinten, ja?« Frau Merz zog mit ihrem Einkaufskorb los und verschwand im Gedränge zwischen den Ständen.

Patrick seufzte. »So macht sie das immer. Echt öde!«

»He, du findest es öde mit mir?« Lyra zog die Augenbrauen hoch.

»Nee, ich meinte nur . . .« Er wurde für einen kurzen Moment ganz rot.

Lyra grinste. »Komm, vielleicht finden wir ja was Spannendes?«

Nicht nur Gemüse gab es hier zu kaufen, auch Kleidung, Stricksachen, Schuhe, CDs, Sonnenbrillen, Taschen, billiges Elektrozeug. Normalerweise langweilten Lyra diese Märkte, aber heu-

te taten ihr das Gewusel der Menschen und die bunte Welt des Krimskrams einfach gut.
Plötzlich stieß Patrick Lyra an. »Ist das nicht der Scherenschleifer?«
»Wo?«
Patrick zog sie hinter einen korpulenten Mann, der gerade eine Trainingsjacke an einem Kleiderstand probierte. »Dahinten!«
Unter einem Sonnenschirm war ein Moped mit einem Schleifstein aufgebockt. Zwei Araberinnen in langen Gewändern standen dort und warteten. Als sie sich umdrehten, gaben sie den Blick auf den Scherenschleifer frei. Er war klein, hatte einen dicken Bauch und eine Glatze. Lyra und Patrick seufzten gleichzeitig.
»Und ich hätte schwören können . . .«, begann Patrick, doch Lyra hörte ihm gar nicht mehr zu. Im Gedränge des Marktes schob sich gerade ein Gesicht in ihr Blickfeld, das ihr bekannt vorkam. Diese junge Frau mit dem lilafarbenen T-Shirt und den langen Ohrringen, dem Pferdeschwanz – sie wusste, dass sie diese Frau kannte. Dann durchfuhr es sie wie ein Blitz und Lyra zog scharf den Atem ein.
»Ist irgendwas?«, wollte Patrick wissen.
»Ich . . . glaube . . .« Sie merkte, wie ihre Stimme zitterte.
Es war unmöglich. Eine Einbildung. Eine Schimäre, sagte man nicht so, eine Fata Morgana? Es war egal, wie man dazu sagte, wenn man etwas sah, dass es dort gar nicht geben durfte. Diese Frau mit dem gebräunten Gesicht, dem natürlichen Lächeln, mit den »Hippie-Ohringen«, und dem »Hippie-T-Shirt«, wie ihre Mutter sicher sagen würde, sah aus wie ihre Schwester. Wie ihre Schwester aussehen *könnte,* mit fünfundzwanzig. Aber ihre Schwester war tot.
»Ich bin gleich wieder da«, murmelte sie.
»He, wohin gehst du?«, rief ihr Patrick noch nach, doch sie war schon losgeeilt, auf dieses Gesicht zu.

Wo war die Frau? Wo war Viola? Lyra kämpfte sich durch die Warteschlangen vor den Ständen. Ihr kam es vor, als versammelten sich immer mehr Menschen vor ihr, als hätten sie sich gegen sie verschworen. Sie stieß einer alten Frau in die Rippen, murmelte eine Entschuldigung, bekam einen Ellbogen ans Kinn, jemand trat ihr auf den Fuß, ein Korb rammte ihr Schienbein, aber sie ließ sich nicht aufhalten, sie musste dieses Gesicht finden! Wo war es nur? Lyra blieb neben einem Tisch mit Sonnenbrillen stehen und suchte mit den Augen die Menge ab. Verdammt, eben war es doch noch da gewesen! Sie stürzte sich wieder ins Gewühle, irgendwo musste sie sein. Hatte sie nicht hier gestanden, gerade eben noch?

»Ich bin vor dir dran!« Eine alte Frau sah sie böse an.

Lyra versuchte, Patrick in der Menge ausfindig zu machen. Da sah sie ihn drüben am Café. Patrick winkte ihr. Gleich, gleich würde sie zurückkommen, aber war nicht da gerade das lilafarbene T-Shirt gewesen? Dort am Stand mit den Bergen von Tomaten?

Sie drängte weiter durch die träge Masse, kassierte Knüffe und ärgerliche Blicke, doch als sie endlich vor dem Stand angekommen war, sah sie, dass das lila T-Shirt von einem jungen Mann getragen wurde. Verwirrt trat sie den Rückweg an.

»Sag mal, was war denn mit dir los?«, fragte Patrick.

»Ich habe gedacht, da wäre meine Schwester.«

»Du hast eine Schwester?«, fragte er erstaunt.

Sie wischte sich den Schweiß von der Stirn. »Ich hatte eine.«

Er sah sie verstört an. »Das musst du mir erklären.«

Die ganze Aktion kam ihr jetzt völlig unsinnig vor. Es war einfach unmöglich, dass sie Viola hier auf dem Markt gesehen haben konnte. Viola war tot. Lyra holte Luft und dann erzählte sie ihm von dem Autounfall, bei dem Viola vor zehn Jahren ums Leben gekommen war.

»Aber dann verstehe ich nicht, wieso du deine Schwester gesehen haben willst.«

»Das ist eine längere Geschichte.«

Er sah auf die Uhr. »Wir haben noch Zeit. Wenn meine Mutter sagt, in einer Stunde, sind es mindestens anderthalb Stunden.«

Wo soll ich anfangen?, fragte sie sich. Wie hatte das alles überhaupt angefangen . . .? Mit Leander. Richtig.

»Also, du kennst doch Leander.«

»Den Superklugen, ja, den hast du mir vorgestellt.«

Lyra ging nicht auf seine Bemerkung ein. »Er kannte meine Schwester. Ich glaube, er war auch in sie verliebt.« Sie machte eine Pause. Sollte sie Patrick auch von ihren Träumen erzählen? Von dem Lied und der Unterhaltung mit Viola?

»War das schon alles?«, fragte Patrick.

Sie zögerte. Patrick war immer fair zu ihr gewesen und er konnte Geheimnisse bewahren, das hatte sie schon in der Schule herausgefunden. Sie gab sich einen Stoß, sie musste unbedingt jemanden einweihen. Und ihre Mutter kam dafür ganz und gar nicht infrage.

»Na ja, seitdem ich Leander begegnet bin, träume ich von Viola. Ich höre sogar ihre Stimme«, erklärte sie vorsichtig.

Doch Patrick lachte nicht und riss auch keinen dummen Witz. Er zuckte nur die Schultern, als sei das gar nichts Besonderes. »Na ja, Träume sind doch so was wie die Stimme des Unterbewusstseins, oder?« Er kratzte sich ein wenig verlegen am Kopf. »Und weil du diesem Leander begegnet bist, kommt alles wieder hoch.«

Lyra dachte darüber nach. Eigentlich hatte er recht. So betrachtet waren die nächtlichen Gespräche mit Viola eigentlich nichts Außergewöhnliches. Eben sehr lebendige Erinnerungen.

»Dann findest du mich also nicht überdreht?« Sie konnte kaum glauben, dass er sie wirklich verstand und sie ernst nahm.

»Aber nein«, versicherte er.
»Weißt du, was ebenfalls seltsam ist?« Lyra hatte das Gefühl, dass sie ihm nun alles erzählen konnte.
»Was?«
»Seit der Sache mit Pia sehe ich plötzlich Bilder vor mir, erinnere mich an Gerüche. Ich bin noch ganz klein, überall sind Blitzlichter und meine Eltern fliehen mit mir . . .«
»Meine Mutter mit ihrem Esoterik-Getue würde jetzt natürlich behaupten, du nimmst Kontakt zu einer anderen Welt auf.« Er grinste schräg. »Aber, sag mal, was ist denn damals eigentlich passiert?«
»Ich habe meine Mutter gefragt, aber sie sagt nur, sie wollten mich vor dem Medienrummel schützen – der Unfall meiner Schwester war damals das Topthema in den Zeitungen.«
»Ein Unfall ist ja eigentlich nicht so was Besonderes, oder?«, sagte er. »Ich meine, ein normaler Verkehrsunfall passiert doch dauernd. Es muss irgendetwas Besonderes gewesen sein.«
»Es war Fahrerflucht! Viola war erst fünfzehn. Und sie wurde erst nach ein paar Tagen gefunden.«
»Verstehe, deshalb hat der Unfall also so viel Staub aufgewirbelt.«
Lyra nickte. »Und dann hab ich gestern einen Zettel gefunden.«
»Zettel?«
»Von einer Wahrsagerin, die Kontakte zur anderen Welt . . .«
Patrick winkte ab. »Kenn ich von meiner Mutter. Ich sag dir, solche Leute verkaufen einen doch für blöd! Gib bloß kein Geld für so was aus!«
»Huhu!«, riss sie eine Stimme aus ihrem Gespräch. Sie drehten sich um.
Patricks Mutter schleppte schwere Taschen heran. »Patrick, nimm mir mal was ab. Ich wollte euch eigentlich noch zu einem Stück Kuchen einladen, aber ich muss unbedingt zurück. Lyra,

deine Mutter hat mich angerufen. Eine ihrer Kundinnen will sich meine Bilder ansehen.«

Lyra war es ganz recht, nach Hause zu fahren. Sie war völlig verwirrt. Sie gingen zum Auto zurück und verstauten die Tüten im Kofferraum.

Während der Fahrt sah Lyra schweigend aus dem Fenster und hing ihren Gedanken nach. Sie begriff einfach nicht, warum sie so intensiv an Viola denken musste. Schnappte sie jetzt über? Viola war doch tot – oder war Viola da, weil Leander da war? Und woher wusste sie, wie Viola aussah? Je länger sie über diese merkwürdige Begegnung nachdachte, umso absurder kam sie ihr vor. Sie hatte sich etwas eingebildet. Das würde auch ganz sicher ihre Mutter sagen. *Du hast eine blühende Fantasie, Schätzchen. Die hast du von deinem Vater geerbt.* Ach ja, wie gut sie alle Sprüche ihrer Mutter kannte. Ihr ganzes Leben kam Lyra plötzlich vor, als wäre es von jemand anderem geplant.

Als der Wagen anhielt, konnte Lyra kaum glauben, dass sie schon wieder zurück waren. Patricks Mutter eilte gleich ins Haus, während Patrick noch an der Tür stehen blieb. »Sag mir Bescheid, wenn wir etwas unternehmen sollen.«

Lyra nickte. Sie war froh, dass Patrick für sie da war.

SIEBZEHN

Grübelnd ging Lyra durch die Gassen der Altstadt nach Hause. Sie musste herausfinden, was damals passiert war. Und dafür musste sie unbedingt noch mal mit Leander sprechen!
Lyra schloss die Haustür auf, holte sich eine Flasche Wasser aus der Küche und lief nach oben in ihr Zimmer. Dort fiel ihr Blick auf ihre Jeans, die über dem Schreibtischstuhl hing. Ein Stück des Flyers ragte aus der Tasche. Sie starrte eine Weile auf den Zettel, dann zog sie ihn mit einer raschen Bewegung heraus, zerriss ihn und ließ die beiden Hälften in den Papierkorb segeln. Eine Hälfte wurde von einem Luftstoß erfasst – und landete nicht im Papierkorb, sondern auf dem Boden. Genau der Teil mit der Telefonnummer.
Lyra zögerte nur eine Sekunde. Dann bückte sie sich und hob ihn auf. Egal, was alle dachten, das war ein Zeichen. Sie nahm ihr Handy und wählte mit zitternden Fingern die Nummer. Leider meldete sich nur ein Anrufbeantworter. Lyra hinterließ eine Nachricht und hoffte auf einen Rückruf.
Sie hatte sich gerade eine Tüte Nachos aufgerissen, als ihr Handy läutete. Die Hellseherin bot ihr einen Termin in drei Tagen an.
»Geht es nicht früher?«, wagte Lyra zu fragen.
»Oh, es ist dringend, ja?«, fragte die Frau mit rauer Stimme.
»Ja, sehr.« Unendlich dringend!, hätte Lyra am liebsten geschrieen. Sie hörte ein Rascheln am Ende der Leitung. Vielleicht blätterte die Frau in ihrem Terminkalender – oder es ist eine Fledermaus, die um sie herumflattert, stellte sich Lyra vor und musste ein Grinsen unterdrücken.

»In einer halben Stunde hätte ich einen Termin frei. Schaffst du das?«
Auf dem Flugblatt stand die Adresse. Das war nur zehn Minuten von Lyras Wohnung entfernt. »Ich komme!« Dann fiel Lyra noch eine wichtige Frage ein. »Was kostet es denn?«
»Zwischen dreißig und hundert Euro, kommt drauf an, wie lange es dauert.«
Dreißig Euro hatte Lyra auf jeden Fall. »Dann bis gleich.«
Schnell suchte Lyra nach ihrem Portemonnaie, warf ein paar Sachen in ihre Umhängetasche, nahm hastig noch einen Schluck aus der Wasserflasche und stand keine fünf Minuten später unten auf der Gasse. Hoffentlich begenete sie auf dem Weg keinem ihrer Freunde . . . Sie hatte keine Lust zu erzählen, dass sie zu einer Wahrsagerin wollte.
Lyra brauchte gar nicht an der Tür des kleinen, geduckten Hauses in der engen Straße anzuklopfen. Sie stand weit offen und Lyra erkannte einen dunklen Raum mit einem einfachen Tisch und vier Stühlen.
»Komm rein«, rief eine raue Stimme.
Lyras Augen mussten sich erst an die Dunkelheit gewöhnen, bis sie den großen Schatten, der sich aus einer hinteren Ecke des Raums auf sie zubewegte, als eine sehr dicke, in lange Gewänder gehüllte Frau erkannte. Ein eigenartiger Geruch strömte Lyra entgegen. Er kam ihr bekannt vor, aber sie konnte ihn nicht einordnen. Weihnachten vielleicht?
Lyra räusperte sich. »Ich bin Lyra, ich habe gerade angerufen.«
Das Medium hatte mit Silberfäden durchzogene Locken, die wild und ungebändigt auf ihre Schultern hingen. Ihr Gesicht war blass und teigig und ihre Augen glühten wie Kohlen. Lange Ohrringe blitzten hin und wieder auf. Überhaupt war sie mit klimpernden Armreifen und Ketten behangen wie manche Verkäuferinnen an Schmuckständen im Kaufhaus.

»Jaja, setz dich. Willst du etwas trinken? Ich hab gerade einen Tee gemacht.« Zwei Katzen huschten unter dem langen Rock der Frau hervor und verschwanden irgendwo im Zimmer.
»Ja, gern«, antwortete Lyra artig und setzte sich auf den Stuhl, auf den das Medium gedeutet hatte. Sie sah sich um. An den Wänden hingen gerahmte Familienfotos, auf dem runden Couchtisch mit dem weißen Spitzendeckchen standen ebenfalls Bilderrahmen. Sie gruppierten sich um einen Strauß aus Kunstblumen. Im Hintergrund lief leise der Fernseher. Irgendwie hatte sich Lyra das Haus einer Hellseherin anders vorgestellt. So wie hier sah es in vielen Wohnungen aus. Ob sie womöglich nicht doch eine Betrügerin war? Es war ziemlich heiß, schwül sogar. Lyra begann zu schwitzen.
Die Frau, die ihren Namen nicht genannt hatte, trug auf einem Tablett eine silberfarbene Teekanne und zwei Gläser ins Zimmer. Lyra fielen ihre Fingernägel auf. Auf jedem prangte ein langer gelber Blitz. Plötzlich stand eine Glaskugel auf dem Tisch. War die auch auf dem Tablett gewesen?, fragte sich Lyra.
Die Frau goss Tee ein und setzte sich. »Trink, das erhöht die Durchlässigkeit.«
»Die Durchlässigkeit?« Lyra starrte die Frau fragend an.
»Ja, damit die Geister zu dir durchdringen können«, erklärte sie.
Lyra nickte zweifelnd und hob das Glas an die Lippen. Der Geruch, der im Haus war, kam eindeutig von diesem Tee. Nach dem ersten Schluck wusste sie endlich, wonach er schmeckte.
»Das ist Zimttee!«, sagte Lyra.
Die Frau nickte und grinste. Dabei blitzte in ihrem Mund ein Goldzahn auf. »Zimt und noch ein bisschen dies und das.«
Lyra wurde ein wenig mulmig. Doch dann schüttelte sie alle Zweifel ab und trank das ganze Glas aus. Wennschon, dennschon, dachte sie, als ihr der Schweiß ausbrach. Das heiße Getränk hatte sie ganz schön erhitzt! Eine sanfte Müdigkeit über-

fiel sie. Sie unterdrückte ein Gähnen. Es musste an der stickigen Luft und an dem Dämmerlicht liegen.
»Gut, was willst du wissen?« Das Medium raffte ihr langes Gewand und setzte sich.
»Ich kann nicht mehr als dreißig Euro bezahlen«, begann Lyra.
»Gut.« Die Frau wartete.
Plötzlich wusste Lyra nicht, was sie sagen sollte, Blackout.
Sie begann zu stottern, da lächelte die Frau. »Nun mal ganz langsam, Kindchen. Was hat dich denn so durcheinandergebracht?«
Zwei Katzen kamen aus dem Dunkel, hockten sich Lyra zu Füßen und sahen sie erwartungsvoll an. Lyra seufzte. »Ich bin ganz durcheinander. Meine Schwester ist vor zehn Jahren bei einem Verkehrsunfall ums Leben gekommen. Jetzt glaube ich, dass sie mit mir Kontakt aufgenommen hat. Aber eigentlich geht das doch gar nicht, sie ist ja tot. Und heute habe ich sogar geglaubt, sie gesehen zu haben.«
Das Medium sah sie mit ihren kohlrabenschwarzen Augen an, die sie mit dickem Kajal noch betont hatte. »Du bist zu mir gekommen, weil du weißt, dass es Geister gibt.«
Lyra schluckte. Sie konnte doch jetzt nicht sagen, dass sie nicht an Geister glaubte, aber irgendwie in einer Sackgasse gelandet war und nun doch an welche glauben musste – oder daran, dass sie langsam durchknallte.
Das Medium faltete ihre Hände, die Armreifen klimperten. »Du kannst nicht an Geister glauben. Obwohl du am liebsten die Bücher liest, in denen es um Geister geht, nicht wahr?«
Wie kann sie das wissen?, dachte Lyra.
»Geist ist Energie. Nichts weiter. Und Energie geht nicht verloren. Sie stirbt nicht. Sie wandelt sich nur.«
Lyra nickte nur. Das hatten sie in Physik gelernt, aber sie hatte es nicht verstanden. Und in manchen Fantasy-Büchern hatte sie es auch schon gelesen, aber stimmte das denn wirklich?

»Vielleicht hast du deine Schwester gerufen? Oder sie will dich warnen.«

»Warnen? Wovor?«

Das Medium streckte die Hände nach der Glaskugel aus und starrte hinein. War es denn wirklich möglich, dass man in diesem Ding Viola sehen konnte? Lyra fand die Frau unheimlich, aber nun hatte sie schon mal den Mut aufgebracht, hierherzukommen, also musste sie auch weitermachen.

»Wie heißt deine Schwester?«, wollte das Medium wissen.

»Viola.«

»Gut, ich versuche, mit Viola Kontakt aufzunehmen.«

Lyra wagte kaum zu atmen. Davon abgesehen war es auch viel zu warm und stickig. Die Frau begann rhythmisch zu nicken. Ihre großen goldenen Ohrringe wippten und ihre zahllosen Armreifen klimperten. Sie tippte mit dem langen Fingernagel des Zeigefingers auf die Glaskugel. Sie rollte die glühend schwarzen Augen wie die Maori, wenn sie sich für einen Kampf bereit machten. Das Medium würde doch hoffentlich keinen Hirnschlag bekommen oder in Trance geraten! So etwas hatte Lyra mal im Fernsehen gesehen. Was sollte sie dann tun?

»Ich höre die Stimme der Wesen«, sagte das Medium.

»Welche Wesen?«

Die Wahrsagerin gab keine Antwort, starrte nur auf die Glaskugel.

»Sie will dir etwas sagen . . .«, murmelte das Medium. »Sie will dich erinnern.«

»Woran?«

»Erinnere dich, Lyra!«, sprach plötzlich eine fremde Stimme aus dem Mund des Mediums. Sie klang viel heller und jünger.

»Woran, an den Unfall?«, fragte Lyra. Wer sprach da zu ihr?

»An alles. Wie alles begann. Du warst noch so klein.«

*Lyrali, mein Lyrali …,*dachte Lyra und schloss die Augen.

»Ich sehe, wie mich Mama an sich presst und wir in einem Auto wegfahren. Überall sind Fotografen.« Der Traum lief wieder vor ihr ab.

»Sie ist mit dir geflohen«, antwortete die Stimme aus dem Mund des Mediums.

»Warum will Mama nicht mit mir darüber reden?«

»Sie hat Angst. Angst vor der grausamen Wahrheit.«

»Der Autounfall?«

Die Stimme antwortete nicht.

»Der Autounfall?«, wiederholte Lyra und wartete, doch es kam keine Antwort. Sie machte die Augen auf und sah, dass die Augenlider des Mediums flackerten, wie wenn man intensiv träumte.

»Rede weiter«, forderte die Stimme sie auf.

Lyra räusperte sich. »Pia, ein Mädchen aus meiner Schule, ist ermordet worden.«

»Pia. Seitdem denkst du an mich, ja?«

War das wirklich Viola, die da mit ihr sprach?

»Ja! Ich sehe ihr Gesicht und dann verwandelt es sich in deines«, erklärte Lyra aufgeregt.

»Wir haben das gleiche Schicksal«, antwortete die Stimme.

Ja, beiden wurde Gewalt angetan!

»Ich habe Leander getroffen. Er hat mir erzählt, dass er dich kannte. Wir reden über dich«, sagte Lyra.

»Leander?«

»Ja, erinnerst du dich?«

»Warum ist er hier?«, fragte die Stimme.

»Zufall, sagt er.«

»Zufall . . . gibt es einen Zufall?«, fragte die Stimme.

»Wie meinst du das?«

Keine Antwort.

Lyra starrte auf die Kugel. Doch sie konnte ihr kein Geheimnis entlocken. Die Hellseherin schwieg.

»Viola?«, fragte Lyra.

»Suche nach der Wahrheit!«

»Aber wo?«

»Du warst schon dort.«

»Wo? Wo meinst du? Auf dem Markt?«

»Du wirst die Zeichen erkennen.«

»Welche Zeichen?«, fragte Lyra allmählich verzweifelt. »Viola!«

Sie bekam keine Antwort mehr. Das Medium öffnete langsam die Augen.

»Sie ist gegangen«, sagte sie wieder mit ihrer rauen Stimme.

»Hat sie dir etwas erklären können?«

Lyra zuckte die Schultern. »Ich weiß nicht.«

»Die Geister sprechen in Rätseln. Es ist an uns, die Rätsel zu lösen«, erklärte das Medium.

»Und warum können sie keine klaren Antworten geben?«

Das Medium lächelte. »Sie sind Energie, sie denken und kommunizieren anders mit dir als ein lebender Mensch.« Sie legte die Hand auf Lyras Arm. »Du bist nicht allein. Deine Schwester beschützt dich. Sie will dir etwas sagen. Du musst herausfinden, was.«

Lyra seufzte. »Ich habe gehofft, sie würde es mir sagen.«

Das Medium schüttelte den Kopf. »Erst wenn man etwas selbst, ohne Hilfe begreift, hat man es wirklich verstanden.«

Wieder so ein rätselhafter Satz!

»Verliere nicht den Mut«, sagte das Medium.

»Ich versuche es«, antwortete sie und stand auf. Ihr war ganz schwindlig. An der Tür stolperte sie beinahe über eine Katze.

»Moment, ich krieg noch dreißig Euro!«

»Oh, sicher, entschuldigen Sie!« Wie peinlich, dachte Lyra, dass sie vergessen hatte zu bezahlen!

Wie in Trance trat Lyra vor die Tür. Der Schweiß stand ihr noch immer auf der Stirn und sie setzte sich zitternd auf eine Mauer, die im Schatten eines großen Baumes lag. Was war mit ihr geschehen? War das wirklich der Geist von Viola, der da mit ihr gesprochen hatte? Konnte es so etwas wirklich geben?

ACHTZEHN

In Gedanken versunken sperrte sie die Haustür auf.
»Was ist los mit dir? Ist etwas passiert?« Ihre Mutter starrte sie an.
Lyra schüttelte nur den Kopf. Sie konnte immer noch nicht reden.
»Du siehst ja total blass aus. Lyra, so geht das nicht weiter. Irgendetwas ist doch mit dir, du musst es mir sagen.« Ihre Mutter sah sie eindringlich an. »Lyra, bitte, vertrau mir!«
Sie hörte die Stimme ihrer Mutter wie durch eine dicke Glasscheibe. Wortlos ging sie die Treppe hoch.
»Lyra! Du musst etwas essen!«
Lyra hörte nicht mehr zu. Sie wollte nichts essen. »Lass mich einfach in Ruhe!«, rief Lyra hinunter, schlug die Tür hinter sich zu und warf sich auf ihr Bett. Sie nahm ihren iPod und machte ruhige Musik an. Schlafen, sie wollte einfach nur noch schlafen. War es der Tee gewesen, der sie so müde gemacht hatte? Erschöpft schloss sie die Augen. Der Zimtgeruch stieg ihr wieder in die Nase und plötzlich stürzte sie in die Tiefe. Ich bin fünf Jahre alt, hörte sie ihre eigene Stimme murmeln.
»Wo ist Viola? Ich will mit Viola spielen. Warum kommt Viola nicht heim?«
»Sie ist ein paar Tage mit der Schule weg, Lyra«, sagt Mama.
Violas Freundin Mette steht vor der Tür. Sie hat Tränen in den Augen. Polizisten kommen, sind überall in der Wohnung, durchsuchen Violas Zimmer.
»Schätzchen, alle suchen Viola«, sagt Mama.

»Aber wo ist sie? Warum ist sie weg? Sie soll mir eine Geschichte erzählen!«
Papa sitzt am Bett und streichelt meine Wange. Er sieht traurig aus. Er hat geweint.
»Du gehst nicht mehr in den Kindergarten! Auf gar keinen Fall!«, sagt Mama.
Aber ich will gehen. Denn ich denke, wenn ich aus dem Kindergarten nach Hause komme, ist Viola da, so wie immer.

Ich esse Fischstäbchen und Kartoffelbrei. Es ist mein Lieblingsessen.
Violas Platz ist leer.
Da ist nur das Fenster gegenüber, dort, wo sonst Viola sitzt.
Mama redet. Ich sage nichts. Ich esse.
Das Telefon klingelt. Mama springt auf. Ich weiß, dass jemand wegen Viola anruft. Ich warte. Mama sagt Ja und Nein. Das Fischstäbchen ist wie ein großer, schwerer Stein in meinem Mund. Ich kann nicht schlucken. Ich weiß, dass etwas Schreckliches passiert ist. Mama setzt sich an den Tisch.
Das Fischstäbchen ist im Mund aufgequollen, es wird wieder ein Fisch. Ein Fisch in meinem Mund!
Ich würge, der Fisch muss raus. Er fällt auf den Teller. Mama schreit auf, rennt weg. Türen knallen. Ich höre Mama weinen.

Lyra schlug die Augen auf. Der Zimtgeruch war weg. Diese Wahrsagerin hatte sie ganz schön durcheinandergebracht. Lyra hatte keine Ahnung, was da gerade mit ihr passiert war, aber all die Erinnerungen an damals standen ihr plötzlich ganz klar vor Augen.
»Ein Autounfall mit Fahrerflucht«, hatte ihr Vater erklärt, als er nach Hause gekommen war. »Viola ist tot.«
Lyras Kopf dröhnte. Schwerfällig stand sie auf und schlurfte auf die Dachterrasse. Die Sonne ging gerade unter. Sie vermisste ihre Schwester und all die Jahre, die sie nicht mit ihr hatte ver-

bringen können. Noch nie war ihr so deutlich geworden, dass sie sich allein fühlte. Allein mit ihrer Mutter, die sich ja viel Mühe gab und sie bestimmt liebte und die glaubte, alles für sie zu tun, sie aber nicht verstand. Lyra seufzte.

Von hier konnte sie hinunter in die belebten Gassen der Altstadt blicken. Lyra beugte sich über das Geländer. Ist das nicht Leander, da vorn? Was macht er? Er sieht unschlüssig aus. Weiß er denn, wo ich wohne? Oder steht er nur zufällig da? Plötzlich war sie wieder hellwach.

Sie rannte die Treppe hinunter, rief ihrer Mutter zu: »Ich muss kurz noch mal weg!«, und ohne auf eine Antwort oder Erlaubnis zu warten, rannte sie aus der Tür und lief die Straße hinunter.

»Leander!«, rief sie atemlos.

Er drehte sich um und sah sie überrascht an. »So was! Gerade hab ich an dich gedacht!«

»Wirklich?«

»Aber ja.«

»Warum?«

Er zuckte die Schultern. »Einfach nur so.«

Gedankenübertragung?, dachte sie. Ihm konnte sie von ihrem Besuch erzählen. Er würde es sicher verstehen.

»Ich war heute bei einem Medium.«

Erstaunt hob er die Brauen. Er hatte die Sonnenbrille wieder aufs Haar geschoben und sah wie immer ziemlich cool aus.

»Du weißt schon, eine Frau, die Kontakt zu Verstorbenen und Geistern herstellen kann«, erklärte sie ungeduldig. »Ich höre seit ein paar Tagen Violas Stimme.«

Er legte die Stirn in Falten. »Wirklich?«

Lyra nickte. Leanders Augen wurden schmal. Er schien über irgendetwas nachzudenken.

»Willst du wissen, was sie gesagt hat?«, fragte Lyra.

»Aber sicher!« Er nickte heftig.

»Sie sagt, ich soll die Wahrheit suchen.«

»Hm.« Auf seiner Stirn hatten sich zwei nachdenkliche Falten gebildet.

»Und dann meint sie, ich würde die Zeichen erkennen.«

»Welche Zeichen?«, fragte er.

Lyra zuckte mit den Schultern. »Keine Ahnung, aber ich habe auch nach dir gefragt.«

»Nach mir?« Ein nervöses Zucken umspielte seine Augen. »Wie kommst du dazu?«

Was war denn auf einmal mit ihm los? »Sie sagt, es sei kein Zufall, dass ich dir begegnet bin.«

Leander lächelte plötzlich wieder. »Natürlich nicht. Wir sollten uns doch begegnen!«

Lyra merkte, wie ihr Gesicht heiß wurde. Peinlich, hoffentlich sah er es nicht. »Und sie sagt, dass Viola mich warnen will«, fuhr sie rasch fort.

»Wovor?« Seine Augen wurden auf einmal ganz schmal.

»Ich weiß nicht. Keine Ahnung.«

Er sagte nichts, wirkte aber nachdenklich.

»Und dann hatte ich noch ein seltsames Erlebnis.« Lyra erzählte ihm, dass sie glaubte, Viola auf dem Markt gesehen zu haben.

»Wo war das?«, fragte er aufgeregt.

»In Ojén, ist nicht weit von hier.«

»Das ist nicht möglich!«, rief er aus und begann zu strahlen.

»Ja, das hab ich mir auch gesagt. Außerdem weiß ich ja gar nicht, wie sie jetzt aussehen würde.«

»Du hast sie aber gesehen!«

»Na ja, ich hab geglaubt, dass . . .«

»Nein, du hast sie gesehen!« Ganz plötzlich wurde er ernst, fasste sie an den Oberarmen und sah sie an. »Lyra, ich wollte dir die ganze Zeit etwas sagen, aber ich wusste nicht, wie ich es dir beibringen sollte.«

»Jetzt sag es endlich. Ich bin nicht so empfindlich.« Sie schüttelte seine Hände ab. Diese ganze Geheimniskrämerei ging ihr tierisch auf die Nerven!
Er nickte. »Gut. Erinnerst du dich: Ich habe dich gefragt, ob du deiner Mutter vertraust.«
»Ja.« Und sie hatte geantwortet *meistens.*
»Und dann habe ich dir von dem Seemann erzählt, der über Bord ging und . . .«
»Jaja, ich weiß das alles noch!«, sagte Lyra ungeduldig.
»Es war alles anders damals«, sagte Leander und sah ihr in die Augen.
»Wie, wie es war anders?« Sie wollte jetzt endlich die Wahrheit wissen.
Er holte Luft. »Viola hatte keinen Autounfall.«
»Was?« Lyra fühlte sich, als hätte sie einen Schlag in die Magengrube bekommen.
Leander sprach weiter: »Sie hat es zu Hause einfach nicht mehr ausgehalten und dann . . .« Er sah sie mitfühlend an. ». . . ist sie weggelaufen.«
»Was?« Lyras Herz setzte für einen kurzen Moment aus und ihre Gedanken überschlugen sich. »Nein, das kann nicht wahr sein! Aber warum? Und warum haben meine Eltern . . .«
»Sie hat mir damals alles erzählt, Lyra«, unterbrach Leander sie. »Viola hat euren Eltern einen Abschiedsbrief geschrieben. Sie wollte nicht, dass man nach ihr suchen würde.«
Ungläubig starrte Lyra ihn an und schüttelte den Kopf. »Aber wieso haben meine Eltern Viola denn einfach so gehen lassen?«
Leander fasste nach ihrer Hand. »Lyra, das, was damals passiert ist, war bestimmt schrecklich für deine Eltern. Aber mehr kann ich dir auch nicht sagen.« Tröstend legte er einen Arm um sie, aber Lyra schüttelte ihn widerwillig ab.
»Du musst mir glauben! Ein paar Tage, nachdem Viola mir an-

vertraut hatte, dass sie abhauen will, bin ich weggezogen und den Rest kenne ich nur aus deinen Erzählungen.«
Trotzig schaute Lyra ihm in die Augen. »Aber der Verkehrsunfall . . . meine Eltern haben doch erzählt . . .«
Leander schüttelte heftig den Kopf. »Ich kann es ja auch kaum fassen: Deine Eltern haben diesen Verkehrsunfall einfach erfunden, um damit Violas Verschwinden zu erklären! Tja, und dann hat sich deine Mutter von deinem Vater scheiden lassen. So konnte man sich ein neues Leben aufbauen.«
Lyra brachte kein Wort heraus. Festplattenabsturz. Sollte das Leben der letzten zehn Jahre nur eine Lüge gewesen sein?
»Nein!«, brachte sie heraus und schüttelte den Kopf. »Nein, das glaub ich nicht! Meine Eltern könnten so etwas nicht tun!«
Seufzend nahm er ihre Hand. »Ach, Lyra, es tut mir so leid für dich.« Eindringlich sah er sie an. »Aber, mal ehrlich: Warst du bei Violas Beerdigung?«
»Nein! Natürlich nicht! Ich war ja viel zu klein, ich war bei meinen Großeltern.«
Er nickte. »Siehst du. Du hättest auch nicht zur Beerdigung gehen können, weil es keine gab.«
»Das behauptest du einfach!« Sie riss ihre Hände, die er immer noch hielt, zurück. Das konnte alles nicht wahr sein! »Du lügst!«, schrie sie.
»Lyra, bitte«, flehte er. »Ich wollte es dir gar nicht erzählen, aber . . . du hast ja selbst gespürt, dass etwas nicht stimmt.«
Besorgt sah er sie an. »Du hast recht, es ist kein Zufall, dass ich hier bin. Meine Eltern haben sich kurz vor dem Verschwinden deiner Schwester getrennt und ich bin mit meiner Mutter weggezogen. Deshalb habe ich das alles gar nicht mitbekommen. Ich wollte Viola vergessen, weil ich sie sehr, sehr gemocht habe – na, ich war verliebt.« Leander stieß ein kurzes Lachen aus. »Und dann, ganz zufällig, vor einem halben Jahr, bin ich in Bang-

kok einem spanischen Matrosen begegnet, der holte ein Foto aus seiner Brieftasche. Und dann geschah das Wahnsinnige! Die junge Frau auf dem Foto war Viola! Ganz eindeutig! Er erzählte mir, dass sie eine Deutsche ist, die als Jugendliche von zu Hause weggelaufen ist und nun in Spanien in einem andalusischen Bergdorf lebt. Sie habe ihm in einer sehr schweren Stunde beigestanden, deshalb trage er ihr Foto immer mit sich herum. Und dann sagte der Matrose noch, dass sie ihm von ihrer kleinen Schwester erzählt habe. Viola und Lyra hätten sie ihre Eltern getauft, zwei Musikinstrumente . . .«

»Das glaub ich dir nicht!«, schrie Lyra und schlug gegen seine Brust. »Du lügst! Du lügst!« Ihr liefen die Tränen herunter.

Er hielt ihre Arme fest und sah sie verständnisvoll an. »Ich versteh dich. Ich könnte es auch nicht glauben. Aber es ist die Wahrheit. Deshalb bin ich hier. Hör zu, ich habe herausbekommen, dass Viola in einem Hippie-Dorf hier in den Bergen lebt.«

Die Geschichte klang so ungeheuerlich, dass Lyra nur unablässig den Kopf schütteln konnte. Das *konnte* nicht die Wahrheit sein! Das war alles viel zu unwahrscheinlich! Die Gedanken in ihrem Kopf gerieten völlig durcheinander. Ihre Mutter würde sie doch niemals derart belügen, oder? Allerdings – bekam nicht jetzt endlich alles einen Sinn? Die Weigerung ihrer Mutter, über die Vergangenheit zu sprechen, das Schweigen ihres Vaters – und Lyras Entdeckung auf dem Markt in Ojén?

Sie brauchte Zeit, um nachzudenken. Lyra hatte das Gefühl, als würde sich alles um sie herum drehen. »Ich muss jetzt gehen.«

»Moment.« Er lächelte sie an und wischte ihr zärtlich die Tränen von der Wange. Sie ließ es geschehen. Dann sagte er sanft: »Ich verspreche dir, Lyra, ich bekomme heraus, wo Viola ist, und dann fahren wir zu ihr!« Er sah sie mit leuchtenden Augen an. »Gib mir deine Nummer, dann kann ich dich anrufen, wenn ich etwas Neues weiß.«

Lyra sagte sie ihm und er tippte sie in sein Handy.
»Gute Nacht.« Sie wollte sich umdrehen.
»He, in Spanien gibt man sich doch zwei Küsse auf die Wangen, oder?«, sagte er und beugte sich zu ihr hinunter. Als sie seine Lippen auf ihrer Wange spürte, durchrieselte sie ein Schauer. Rasch murmelte sie »Bis dann« und eilte die Straße hinunter nach Hause. Ihr Kopf war wie vernebelt und ihre Beine waren weich wie Wackelpudding. Was Leander gesagt hatte, war so ungeheuerlich, dass sie es nicht glauben konnte. Aber war es nicht *zu* ungeheuerlich, um es erfinden zu können?

NEUNZEHN

Ihre Mutter saß auf der Couch und telefonierte, als Lyra nach Hause kam. Lyra blieb wie angewurzelt stehen, als sie hörte, was ihre Mutter gerade sagte. »Aber ich kann es ihr nicht sagen, versteh doch! Noch nicht!« Sie schrie die Wörter nahezu in den Hörer.

Lyras Herz setzte einen Moment lang aus.

»Unser Verhältnis ist sowieso im Moment ziemlich kritisch«, sprach ihre Mutter weiter, »manchmal denke ich, sie hasst mich.«

Lyra merkte, wie ihr übel wurde. Sie wollte nicht glauben, dass Leander recht haben sollte. Es war einfach nicht möglich!

In diesem Augenblick bemerkte ihre Mutter sie und beendete hastig das Gespräch. »Ich ruf dich später noch mal an.« Sie legte auf. »Lyra, wo warst du denn?«

Ohne zu antworten, ging Lyra an ihrer Mutter vorbei die Treppe hoch. Sie wusste nicht, was sie sagen sollte.

»Was siehst du mich so feindselig an? Ist irgendetwas nicht in Ordnung?«

Lyras Knie zitterten immer noch. Aber sie riss sich zusammen, holte tief Luft, drehte sich auf der Treppe um. Und sah ihrer Mutter fest in die Augen. »Was kannst du mir nicht sagen?«

»Was um Himmels willen meinst du, Lyra?«

Was glaubte ihre Mutter eigentlich? Eine große Wut ballte sich in Lyra zusammen. »Du brauchst mich nicht mehr zu belügen! Ich weiß es!«

»Was, Lyra, was um Himmels willen meinst du denn?« Hilflos

sah ihre Mutter sie an, aber Lyra wusste, dass das nur eine Masche war.

Herausfordernd fragte Lyra: »Warum ist Papa eigentlich damals weggegangen?«

»Dein Vater?«, ihre Mutter tat überrascht, aber Lyra durchschaute sie. »Das weißt du doch! Wir haben uns auseinandergelebt und . . .«

»Nein!«, schrie Lyra.

Ihre Mutter zuckte zurück.

»Nein! Das ist eine Lüge!« Lyra konnte sich nicht mehr beherrschen.

»Was redest du da, Lyra?«

»Viola hat . . .« Sie brach ab. Jetzt, Lyra, du musst es jetzt sagen, hörte sie ihre eigene Stimme. »Viola hat es nicht mehr mit euch ausgehalten!« Jetzt war es raus. Ihre Hand klammerte sich so fest ans Treppengeländer, dass es wehtat.

Eine unwirkliche Stille breitete sich aus.

»Was?«, flüsterte ihre Mutter, die ganz blass geworden war. »Was sagst du da?«

Lyra zitterte. »Ihr habt das mit dem Autounfall nur erfunden, damit ihr mir nicht die Wahrheit sagen müsst! Ist ja auch ziemlich schlimm für Eltern, wenn die Kinder abhauen!« Lyra hörte ihr Herz klopfen und das Blut in ihren Ohren rauschen.

»Wie kannst du so etwas sagen!« Fassungslos starrte ihre Mutter sie an.

»Dann erklär mir doch mal, warum wir nirgendwo ein Foto von Viola hängen haben! Ich sag dir, warum: Weil du die Wahrheit nicht ertragen kannst!« Lyra bemühte sich, ein überlegenes Lächeln aufzusetzen. »Du hättest es mir ruhig sagen können, ich bin alt genug.«

»Aber . . .« Ihrer Mutter gingen die Worte aus. Das passierte sonst nie.

»Das ist so, so ... so gemein von euch!« Lyra rannte die Treppe hinauf. Ihre Mutter rief ihr etwas nach, aber sie hörte nicht hin. Es wäre sowieso nur eine weitere Lüge.
Sie schloss ihre Zimmertür ab, warf sich aufs Bett und presste das Kissen über den Kopf. Sie wollte nichts mehr hören, nichts mehr sehen und nicht mehr sprechen. Sie wollte sich nur noch verkriechen und all den Schmerz aus sich herausweinen.
»Lyra!«, hörte sie die Stimme ihrer Mutter, »mach sofort die Tür auf!«
»Lass mich in Ruhe!«, schrie Lyra zurück.
»Was ist nur mit dir los? Was ist denn in dich gefahren?«
»Du sollst mich in Ruhe lassen!«
»Engelchen, du bist ganz durcheinander!«
»Nenn mich nicht Engelchen!«, schrie Lyra. »Geh!«
Sie hatte so laut geschrien, dass ihr der Hals brannte. Schließlich gab ihre Mutter auf.
Irgendwann, unter dem Schutz des Kissens, schlief Lyra ein. Und mitten im Schlaf kroch von fern das seltsame Geräusch, das Dröhnen, in ihre Träume. Doch dann verstummte es und zuerst ganz leise, dann lauter, hörte sie Violas Stimme:
»Lyrali, mein Lyrali, was ist mit dir?«
Wie gut es tat, ihre Schwester zu hören. Der einzige Mensch, der sie wirklich verstand!
»Lyrali, dich bedrückt doch etwas? Du kannst mir alles sagen. Ich weiß, wie es ist, nicht verstanden zu werden.«
»Stimmt es, was Leander gesagt hat?«, fragte Lyra also.
Lyra wartete auf eine Antwort, aber Viola schwieg.
»Er sagt, du bist weggelaufen, du bist nicht tot«, redete Lyra weiter.
Wieder keine Antwort.
»Viola?« Lyra lauschte. Das Brummen war wieder lauter geworden.

»Viola?«, rief sie noch einmal, riss sich das Kissen vom Kopf und fuhr im Bett auf. Sie war von ihrer eigenen Stimme aufgeschreckt. »Viola?«, flüsterte sie. Doch es kam keine Antwort. Selbst Violas Stimme war wohl nichts als eine Einbildung.

Am Morgen hoffte sie, dass ihre Mutter schon ins Büro gegangen war, doch als Lyra in die Küche kam, erwartete diese Lyra schon mit sorgenvollem Blick.
»Lyra, so geht das nicht. Du musst mir sagen, warum du solche Dinge behauptest.«
Lyra stand eine Weile nur da. Sie fühlte sich so verzweifelt und zugleich war da ein Widerstand in ihr, sich ihrer Mutter anzuvertrauen.
»Lyra, ich bin doch deine Mama, mit mir kannst du doch über alles reden.«
Von wegen, dachte Lyra, doch gleichzeitig wurde der Kloß in ihrem Hals immer dicker, dann stiegen Tränen in ihre Augen und schließlich konnte sie sie nicht mehr zurückhalten. Sie hatte jeglichen Durchblick verloren.
Ihre Mutter nahm sie in die Arme und Lyra wehrte sich nicht. Sie war so orientierungslos!
»Wir waren eine glückliche Familie, das weißt du doch, Lyra, oder nicht?« Ihre Mutter streichelte über ihr Haar.
Ja, das hatte sie auch immer geglaubt, aber sie war doch erst fünf, als es passierte. Vielleicht hatte man ihr später nur eingeredet, dass sie eine glückliche Familie gewesen waren?
»Deine Schwester ist von uns genommen worden«, sagte ihre Mutter und wirkte auf einmal abwesend, »jemand hat sie einfach aus dem Leben gerissen. Dein Vater und ich haben das nicht zusammen ertragen können.« Die Umarmung ihrer Mutter war seltsam steif geworden und Lyra zog sich aus ihr zurück.
Etwas stimmte nicht, da war sie sich ganz sicher.

Als kurz darauf ihre Mutter aus dem Haus ging, beschloss Lyra, bei Patrick Rat zu suchen. Er wollte gerade zum Strand, doch dann ging er mit ihr hinauf in sein Zimmer.

»Versprichst du mir, dass du das, was ich dir jetzt sage, niemandem erzählst?«, fragte sie.

»Versprochen.«

»Schwör's!«

Er zögerte kurz, dann sagte er: »Ich schwöre es.«

Dann sprudelte alles aus Lyra heraus: dass Viola von zu Hause weggelaufen sei, ihre Eltern aber behaupteten, sie sei tot, dass Leander in Viola verliebt gewesen sei und er vor Kurzem von einem Matrosen gehört habe, dass Viola hier in einem Bergdorf lebe.

Als sie geendet hatte, fuhr er sich durchs Haar. »Puhh, ganz schön heftige Geschichte. Glaubst du das denn alles?«

»Warum denn nicht? Würdest du es denn nicht glauben?«

»Na ja, ich weiß nicht so recht. Es klingt ziemlich seltsam, aber – möglich ist es natürlich.«

»Jetzt verstehe ich auch, warum sich mein Vater so selten meldet«, sagte Lyra.

»Er hat wahrscheinlich ein schlechtes Gewissen«, sagte Patrick. »Was ist denn mit deinen Großeltern, kannst du die denn nicht fragen?«

»Hätt ich doch schon längst! Aber mein Großvater ist letztes Jahr an einem Herzinfarkt gestorben und meine Großmutter ist ziemlich verwirrt.« Es war wirklich eine völlig vertrackte Situation!

»Verwirrt?«, fragte Patrick.

»Demenz.«

»Hm.« Patrick runzelte die Stirn. »Weißt du was, wir sollten versuchen, selbst herauszubekommen, was damals passiert ist. Wir könnten zum Beispiel versuchen, das Online-Archiv eurer

Zeitung zu durchforsten«, schlug er vor. »Vorausgesetzt, die haben alle Nachrichten digitalisiert.«

Lyra nickte ihm zu. Sie war so erleichtert, dass sie Patrick ins Vertrauen gezogen hatte. Es tat gut, mit der ganzen Geschichte nicht alleine zu bleiben.

Patrick schaltete den Computer an. »Erinnerst du dich an den Namen der Zeitung?«

Lyra dachte nach. Nein, sie erinnerte sich nicht. Sie war ja erst fünf gewesen, als es passierte, und kurz darauf war sie mit ihrer Mutter nach Spanien gezogen.

»Wormser Echo?« Patrick hatte die offizielle Homepage der Stadt aufgerufen. Dort tauchte der Name auf.

»Keine Ahnung.« Sie konnte sich wirklich nicht erinnern.

»Die müssen damals etwas gebracht haben.« Er klickte auf das Icon der Zeitung und dann auf *Archiv.* »Wann war das?«

»Am vierten Juli neunzehnhundertsiebenundneunzig.« Das Datum hatte sich in ihr Gedächtnis eingebrannt. Es war auf dem Kalender ihrer Mutter immer schwarz umkreist.

»Wie ich befürchtet habe! Die haben nur die letzten fünf Jahre digitalisiert.«

»Und was machen wir jetzt?«

Patrick deutete auf einen Hinweis. Wenn man weitere Informationen benötigte, müsste man sich registrieren lassen und eine Anfrage schicken. Die Antwort wäre, je nach Umfang der Recherchen, kostenpflichtig. Auf der nächsten Seite fragte man nach der Zahlungsweise und den Kreditkartendaten.

Patrick stöhnte. »Ich hab noch eine Idee. Du willst doch wissen, wie deine Schwester jetzt aussieht, oder?«

»Ja!« Aber eigentlich wusste sie es ja schon. Sie hatte gehört, dass Aborigines, die Ureinwohner Australiens, einen Verwandten erkennen, auch wenn sie ihn noch niemals vorher gesehen haben. Genau so war es ihr auf dem Markt ergangen.

»Ich habe hier ein cooles Programm. Hast du ein Foto von deiner Schwester und eines von deiner Mutter?« Patrick klappte schon den Scanner auf.

»Von meiner Mutter, ja, und von mir auch.«

»Keines von deiner Schwester?«

Sie schüttelte den Kopf. »Meine Mutter hat alle weggeräumt.«

»Dann musst du eins suchen! Und am besten auch eins von deinem Vater.« Patrick hielt kurz inne. »Ist das okay für dich? Ich meine, willst du es wirklich wissen?«

Tatsächlich hatte Lyra ein bisschen Angst davor. Wenn das Gesicht genauso aussähe, wie das auf dem Markt, dann wäre Leanders Geschichte wirklich wahr und ihre Mutter hätte sie all die Jahre angelogen – und Viola wäre am Leben . . .

Doch dann schüttelte sie ihre Bedenken ab und traf eine Entscheidung. »Ich komme so schnell ich kann wieder!«, versprach sie.

Zu Hause durchsuchte sie zuerst die Kommode im Schlafzimmer ihrer Mutter. Irgendwo müssen doch Fotos sein! Mama kann doch nicht alles weggeworfen haben! Sie fand Wäsche, Strümpfe, Tischdecken, aber keine Fotos. Wohin hat Mama das Album gelegt, das sie neulich durchgeblättert hat? Lyra blickte sich um. Da war noch der Kleiderschrank. Sie zog die beiden Spiegeltüren auf. Der Geruch des Parfüms ihrer Mutter schlug ihr entgegen. Sie hatte das Gefühl, als wäre sie hier im Zimmer. Wenn sie jetzt hereinkäme, wäre sie sicher ziemlich überrascht – und verärgert, Lyra vor ihrem Kleiderschrank zu finden. Lyra lauschte, aber nein, da war niemand. Ihre Mutter saß um diese Uhrzeit immer im Büro oder war mit Kunden unterwegs, um Häuser und Wohnungen zu besichtigen. Lyra schob die Röcke, Blusen und Hosen auseinander, bückte sich und öffnete die Schachteln und Kartons auf dem Boden des Schranks. Schuhe, Taschen, Schals.

Da fiel ihr eine Schachtel auf, die anders aussah als die übrigen. Sie war mit dunkelrotem, seidenähnlichem Stoff bezogen. Lyra kniete sich und zog sie heraus. Ohne sie geöffnet zu haben, spürte sie, dass diese Schachtel ein Geheimnis bewahrte. Sie holte tief Luft und hob den Deckel.

Ein Zittern überfiel sie, als sie das oberste Foto auf dem Stapel sah. Mama, Papa, Viola und Lyra. Wie klein ich damals war!, dachte sie. Drei oder vier Jahre alt. Viola hingegen sah richtig erwachsen aus, obwohl sie so ein unmodernes Kleid trug. Unter den Fotos fand sie ein Buch mit einem roten Einband. Verwundert drehte es Lyra in der Hand. Es sah aus wie ein Tagebuch. Ihr Herz klopfte schneller. Sie schlug die erste Seite auf. Da stand in Schreibschrift: Viola Grammer. Es war tatsächlich das Tagebuch ihrer Schwester! Sie konnte es kaum glauben, dass ihre Mutter es all die Jahre in ihrem Schrank aufbewahrt hatte und Lyra nichts davon wusste! Sie legte drei Fotos und das Tagebuch beiseite, schloss den Deckel der Schachtel, stellte sie zurück in den Schrank und machte die Türen zu.

In ihrem Zimmer setzte sie sich an ihren Schreibtisch und legte das rote Buch vor sich. Es roch nach Staub und ein bisschen nach einem süßen Duft. Zimt vielleicht?

Vorsichtig fuhr sie mit den Fingerspitzen über den Einband. Ihre Hände waren feucht vor Aufregung, als sie den Deckel aufklappte und die erste Seite las.

ZWANZIG

Viola Grammer
Dir, Tagebuch, vertraue ich alles an. Ich habe dich gekauft, weil mich niemand versteht.

Ein paar bunte Blümchen hatte Viola um ihren Namen gemalt. Lyra blätterte die erste Seite um.

25. Mai 1997
Ich will, dass mein Leben endlich anfängt. Jeder Tag in der Schule ist verschwendete Lebenszeit. Noch zwei Jahre und zweihundertdreiundvierzig Tage dann bin ich achtzehn und kann tun und lassen, was ich will. Wie ich mich danach sehne!
Es ist so schrecklich, noch nicht erwachsen zu sein! Die Erwachsenen tun so, als wüssten sie alles. Aber in Wahrheit wissen sie gar nichts. Sie sind so mit dem Alltag beschäftigt, dass sie das wahre Leben schon gar nicht mehr sehen.

27. Mai
Ich hasse Mama. Sie behandelt mich wie ein Kind.
Ich hasse Papa.
Sie zwingen mich dazu, die Welt so zu sehen wie sie.
Ihr ganzes Leben besteht aus Kleinigkeiten. Sie regen sich nur über Kleinigkeiten auf. Aber das Große übersehen sie:
Der Regenwald wird abgeholzt, Gorillas werden gequält und ausgerottet, Tausende von Tieren sterben in Testlabors, die Gletscher schmelzen, Eisbären verhungern, in Afrika werden Kinder zu Soldaten

gemacht, Menschen werden gefoltert ... und was sagt Mama? Räum dein Zimmer auf! Es ist lächerlich!
Und was sagt Papa? Geh mal wieder zum Friseur!
Die arme kleine Lyra. Sie hat das alles noch vor sich.
Ich halte es einfach nicht mehr aus mit ihnen!

29. Mai
Sophie und Mette verstehen mich auch nicht. Sie tippen sich an den Kopf, wenn ich ihnen erzähle, dass ich mich politisch engagieren und mithelfen will, die Welt zu verändern. Sie verdrehen die Augen, wenn ich ihnen Fotos von gequälten Tieren zeige oder ihnen vorrechne, dass jeden Tag im Regenwald eine Fläche von neunzig Fußballfeldern gerodet wird. Jahrhundertealte Bäume gefällt werden für Gartenstühle und Couchtische! Schöne Freundinnen! Auf sie kann ich verzichten! Die haben nur Jungs im Kopf und Shoppen.

1. Juni
Ich bin traurig. Mein Leben kommt mir so sinnlos vor. Wann bin ich endlich erwachsen und kann etwas TUN?
Glücklich sind die, die Träume haben und bereit sind, den Preis dafür zu zahlen, um sie zu verwirklichen, habe ich heute gelesen.

5. Juni
Wie wäre es, ohne Geschwister zu sein?
Lyra hört mir zu. Ihr kann ich alles erzählen. Sie lacht mich nie aus. Ach, meine liebe Lyra, ich bin so froh, dass es dich gibt! Auch wenn du noch nicht alles verstehst.

7. Juni
Ich werde Umweltschützerin! Ich will mit vielen Tieren leben. Im Urwald vielleicht oder irgendwo auf dem Land.
Mama und Papa finden das bestimmt lächerlich. Ich sage es ihnen

erst gar nicht, sonst machen sie mir alles kaputt. Wie stellst du dir das vor? Und wie willst du Geld verdienen?, werden sie fragen. Aber Geld ist doch nicht das Wichtigste! Es gibt so viele Menschen, die auch ohne viel Geld leben! Ich will einen Sinn in meinem Leben sehen, das ist mir das Wichtigste. Aber erst muss ich die Schule fertig machen und dann etwas lernen, damit ich auch etwas weiß und handeln kann.

11. Juni
Heute habe ich einen Jungen getroffen, der anders ist als die anderen. Er redet nicht über Sport und Autos und Computerspiele. Er weiß viel. Er hat Kaninchen im Garten. Und Katzen hat er auch. Er heißt J.

13. Juni
Nach der Schule gehe ich jetzt öfter bei J. vorbei. Wir füttern die Kaninchen und dann reden wir in dem kleinen Gartenhaus über die Welt. Er lacht nicht, wenn ich sage, dass ich Umweltschützerin werden will.

15. Juni
Mama und Papa habe ich nichts von J. erzählt. Ich sage, in der Schule dauert es länger. Sie haben eh keine Zeit.
J. will Forscher werden und in die Arktis und die Antarktis reisen. Wir werden dann zusammen gehen. J. hat auch keine Freunde, so wie ich. Mit ihm kann ich stundenlang reden. Er hat keine Geschwister und sein Vater ist gestorben. Seine Mutter arbeitet und hat wenig Zeit. Sie wohnen im Haus seiner Großeltern, die beide nun im Altenheim sind. So ist J. ziemlich oft allein. Er hat viele Bücher über alles Mögliche. Schade, dass er nicht in meine Schule geht.

18. Juni
Die Wochenenden ohne J. sind schrecklich! Wie öden mich Mama und Papa an! Und ihre Streitereien erst! Manchmal glaube ich, dass sie

sich gar nicht lieben. Wann kann ich endlich ausziehen und mein eigenes Leben führen? Die kleine Lyra tut mir dann leid.

19. Juni
Bin verliebt. So muss es sich anfühlen! Schmetterlinge im Bauch! Ich kann nicht mehr schlafen. Ich kann an nichts anderes mehr denken als an J.
Was für ein Tag!
Ich war bei J. Zuerst haben wir ein bisschen mit den Kaninchen gespielt. Wir haben sie gestreichelt und mit Mohrrüben gefüttert. Sie haben so wunderbar weiches weißes Fell. Und ihre kleinen Schnäuzchen zittern immer so! Als es angefangen hat zu regnen, sind wir ins Gartenhaus gegangen und haben die Kaninchen mitgenommen. Da war es gemütlich. Auf dem alten Sofa liegen dicke Decken, in die man sich einwickeln kann, und auf dem Boden liegen bunte Teppiche. J. hat Musik angemacht und uns auf einer Elektroplatte Tee gekocht. Wir haben Räucherstäbchen angezündet und uns vorgestellt, wir sind im Orient und draußen liegen unsere Kamele im Sand. Ganz nah haben wir nebeneinander gesessen und irgendwann hat er angefangen, meinen Arm zu streicheln. Ich habe seinen auch gestreichelt.
Und dann haben wir uns geküsst. Wow! Ich habe gedacht, ich werde gleich ohnmächtig. Vielleicht bin ich's sogar für Sekunden geworden!
Auf dem rechten Oberarm hat er ein Tattoo. Es ist kein richtiges Bild, eher ein Zeichen. Er hat mir erklärt, dass er sich es selbst gemacht hat.
Ganz schön mutig, habe ich gesagt. Er hat gesagt, dass es gar nicht wehgetan hat. Willst du auch ein Tattoo?, hat er mich gefragt. Ich habe eine Weile überlegt, aber dann habe ich mir vorgestellt, wie es wäre, das gleiche Zeichen zu haben wie er. Ich habe genickt und dann hat er alles vorbereitet.
Nadel und Desinfektionszeug hat er von seiner Mutter aus der Apo-

theke, auch Eisspray, damit man nicht so viel spürt. Schwarze Tinte hatte er in einem Tintenfass. Es hat wirklich nicht so wehgetan. Jetzt habe ich das gleiche Zeichen wie er.
Jetzt gehören wir zusammen, hat er gesagt. Für immer.
Irgendwann musste ich aufstehen, da haben mir die Knie gezittert. Ich denke nur noch an ihn. Wie soll ich es noch länger zu Hause aushalten?

Lyra betrachtete das verschnörkelte Zeichen, das Viola an den Rand gemalt hatte. War das das Tattoo?
Sie glaubte, unten ein Geräusch gehört zu haben. Konnte ihre Mutter früher zurückgekommen sein? Sie wagte kaum zu atmen. Aber da war nichts, sie hatte sich geirrt. Sie las weiter.

21. Juni
Mama hat gefragt, was mit mir los ist. Du bist so flatterhaft!
Ich habe gesagt, in der Schule ist gerade so viel los, ich bin ganz nervös. Wenn ich ihr von J. erzählen würde, wollte sie ihn bestimmt kennenlernen. Nachher würde sie sicher ein negatives Urteil über ihn abgeben. Ihr ist doch niemand recht! An all meinen Freundinnen und Freunden hat sie was auszusetzen. Oder meine Eltern würden seine Mutter einladen! Schrecklich! Wenn ich J. wieder treffen würde, hätte ich immer das Gefühl, dass Mama zwischen mir und J. steht.
Papa hätte auch etwas auszusetzen. J. ist nämlich überhaupt nicht sportlich. Und er hat ziemliche Höhenangst. Neulich ist ein Kaninchen aufs Dach vom Gartenhaus abgehauen. J. konnte nur drei Sprossen auf der Leiter hochklettern, dann musste er herunter, weil ihm schwindlig wurde. Da bin ich aufs Dach geklettert und habe das Kaninchen, das wohl auch Angst hatte, heruntergeholt.
Warum lachst du mich nicht aus, hat J. mich gefragt. Ich wusste gar nicht, was er meinte. Er erklärte mir, dass ihn immer alle ausgelacht haben, wenn er sich vor etwas fürchtete. Auch seine Mutter.

23. Juni
Ich kann nicht mehr schlafen. Immer denke ich an J. Dauernd betrachte ich mein Tattoo. Heute Mittag sehen wir uns wieder.

23. Juni, Nachmittag
Mir ist schlecht. Ich fühle mich ganz furchtbar unglücklich. Heute ist etwas Unschönes passiert. Wir haben es uns wieder im Gartenhaus gemütlich gemacht, wir haben Musik gehört, Tee getrunken, in einem Buch über Expeditionen durch die Wüste Gobi gelesen und haben uns geküsst. Doch plötzlich sagte J., er wolle mit mir schlafen. Das hat mich schockiert.
Ich habe Angst davor. Vielleicht geht dann unsere Freundschaft verloren? Er hat es zuerst nicht verstanden. »Was hast du gegen mich?«, fragte er.
»Nichts!«, antwortete ich. »Ich will es nur nicht. Nicht jetzt.«
Er wollte, dass ich ihm erkläre, warum. Aber ich konnte nicht. Vielleicht bin ich ja verklemmt? Die Stimmung war gedrückt. Ich bin dann bald gegangen.
»Du hast mich angelogen, du liebst mich nicht! Du bist genauso wie alle anderen!«, hat er mir noch nachgerufen, ich konnte gar nichts sagen. Ich kann überhaupt nicht begreifen, dass er so etwas denkt!
Dann ist mir auf der Straße auch noch diese doofe Juretzki begegnet. Hat sich über die Musik im Gartenhaus beschwert. Da hab ich ihr gesagt, sie kann mich mal.

24. Juni
Heute war er nicht da. Ich war die ganze Zeit in der Schule schlecht gelaunt. Ich bin schuld, weil ich nicht mit ihm schlafen wollte. Jetzt glaubt er, ich liebe ihn nicht. Es ist alles furchtbar!
Nach der Schule habe ich bei ihm geklingelt. Seine Mutter hat aufgemacht und sah ganz verstört aus. Normalerweise ist sie um diese Zeit in der Apotheke. Sie hat wohl Urlaub genommen, habe ich gedacht.

»J. ist krank«, hat sie gesagt und mich vorwurfsvoll angesehen.
»Was hat er?«, habe ich gefragt. Da hat sie mir erzählt, dass jemand alle Kaninchen aus den Käfigen geholt und ihnen die Kehlen durchgeschnitten hat. Und J. ist völlig am Ende.
Ich bin vor Schreck weggerannt. Wer kann so etwas getan haben?

25. Juni
Ich fühle mich krank. Habe Bauchweh. Ich habe alles kaputt gemacht.

26. Juni
Niemand hat bei J. aufgemacht, als ich geklingelt habe.

27. Juni
Was kann ich nur tun? Ich halte das nicht aus!

28. Juni
Endlich! J. hat vor der Schule auf mich gewartet. Er sah wieder ganz gesund aus.
»Weißt du, wer die Kaninchen abgeschlachtet hat?«, fragte ich ihn.
»Ja, ein Typ aus der Psychiatrie, sie haben ihn auf dem Nachbargrundstück geschnappt«, antwortete er. Es schien ihm nichts mehr auszumachen. Na, er war ja auch lange genug krank gewesen.
»Was hältst du davon, wenn wir eine Forschungsreise in den Wald unternehmen?«, fragte er mich.
»Eine Forschungsreise?«
»Ja, wir gehen in den Wald am Bach. Da sind kaum Leute unterwegs. Du willst doch Umweltschützerin werden. Wir nehmen Bodenproben. Ich habe einen Chemiekasten, damit kann man Analysen machen, feststellen, wie sauer der Boden ist, und solche Sachen. Wir sammeln Käfer und Insekten. Wir nehmen ein Zelt mit und einen Kompass und Proviant. Natürlich müssen wir übernachten!« Seine Augen glühten vor Aufregung. Ich habe ihn geküsst, ziemlich lange und – wow, es

war so großartig! Vielleicht werde ich ja doch bald mit ihm schlafen. Oje, wenn das Mama und Papa wüssten!
Vor dem Einschlafen erzähle ich alles Lyra. Ich bin so aufgeregt! Ach ja, ich muss noch irgendwas erfinden, was ich Mama und Papa sage.

30. Juni
Ich kann es kaum abwarten. J. sagt, er hat alles vorbereitet. Das Zelt, die Schlafsäcke. Das Wetter soll schön bleiben. Doch von mir aus kann es auch regnen. Was soll ich Mama und Papa sagen? Muss eine gute Lüge finden. Sie zwingen mich ja zu lügen. Sie würden mir niemals erlauben, mit J. zelten zu gehen. J., von dem sie gar nicht wissen, dass er existiert. Eltern sind selbst schuld, wenn sie belogen werden.

1. Juli
Habe Mama gesagt, dass ich bei Mette übernachte. Sie hat es sofort geglaubt. Sie ruft bestimmt nicht bei Mette an. Und wenn, dann muss sie sehen, wie sie damitklar kommt, dass ihre Tochter sie belügt.
In meiner Tasche habe ich alles. J.will hinter der Post mit dem Fahrrad warten. So, jetzt muss ich los!

Lyra blätterte weiter. Doch da waren nur noch weiße Seiten. Warum hat Viola nicht weiter geschrieben?
Ihr Telefon läutete. Noch ganz benommen nahm Lyra ab.

EINUNDZWANZIG

Sie haben herausgefunden, dass Pia Drogen genommen hat«, plärrte ihr Bea entgegen. »Durch irgendwelche Analysen.«

Lyra brauchte einen Moment. Eben war sie noch in einer anderen Zeit gewesen . . .

»Woher weißt du das?«

»Frau Hellmann, Pias Mutter, hat es meiner Mutter erzählt. Frau Hellmann war ganz von den Socken, kannst du dir ja vorstellen. Meine Mutter hat mich natürlich gelöchert, ob ich auch das Zeug nehme. ›Natürlich nicht‹, hab ich gesagt. Stimmt ja auch.«

Lyra wusste, dass das nicht stimmte. Bea gehörte zu der Clique, die öfter am Wochenende heimlich mit dem Taxi in die Disco nach Puerto Banús fuhr. Und dort gab es alles Mögliche an Drogen. Das hatte ihr Patrick erzählt, der auch schon einmal dort gewesen war.

»Und es gibt noch eine Neuigkeit: Stell dir vor, sie haben diesen Typen, diesen Telefonica-Mitarbeiter laufen lassen! Das bedeutet, unser Scherenschleifer ist wieder im Spiel! Allerdings war er heute nicht unterwegs, zumindest hab ich ihn weder gesehen noch sein Flötenspiel gehört. Vielleicht ist er abgehauen?«

Bea sagte noch etwas und Lyra gab eine einsilbige Antwort, sie war jetzt einfach nicht in der Verfassung, mit Bea zu reden. Im selben Moment, als sie auflegte, klingelte es an der Tür. Sie ging hinunter und sah durch die Fensterluke. Patrick stand vor der Tür.

»Hast du ein paar Fotos gefunden?« Er musterte sie. »He, was ist mit dir? Du siehst so komisch aus.«

»Nein, es ist alles okay«, versicherte sie. »Hast du gewusst, dass die Polizei den Verdächtigen wieder hat laufen lassen?«
»Ja, hat mir gerade meine Mutter erzählt.«
»Und Bea behauptet, der Scherenschleifer sei verschwunden.«
»Wirklich? Dann wird die Polizei ja hoffentlich endlich unseren Hinweisen nachgehen!«
Lyra sah den Stapel auf dem Schreibtisch des Polizisten vor ihrem inneren Auge und zweifelte daran. Für einen Moment überlegte sie, ob sie Patrick etwas von dem Tagebuch sagen sollte. Doch etwas in ihr wollte, dass sie es erst einmal für sich behielt. »Ich habe ein paar Fotos gefunden.«
»Dann können wir sie gleich einscannen!«
»Warte, ich hole sie!« Lyra rannte die Treppen hinauf. Auf dem Schreibtisch lag das aufgeschlagene Tagebuch mit den weißen, unbeschriebenen Seiten. Warum nur hat Viola nicht mehr weiter geschrieben . . .? Unten hörte sie Patrick ungeduldig rufen. Lyra klappte das Tagebuch schnell zu und versteckte es in der untersten Kommodenschublade, unter ihren Winterpullovern. Da würde es ihre Mutter bestimmt nicht finden. Später würde sie es wieder an seinen alten Platz im Kleiderschrank zurückbringen. Dann nahm sie die Fotos und rannte die Treppe nach unten, wo Patrick auf sie wartete.

Sorgfältig scannte Patrick die Fotos in seinen Computer ein und blendete sie dann übereinander. Er verstärkte mal das Bild ihres Vaters, mal das ihrer Mutter, mal das von Viola. Seltsame Gesichter entstanden: Sie waren vertraut und dennoch fremd.
»Warte!«, rief Lyra bei einem Bild, »so ähnlich sah die Frau auf dem Markt aus!«
Patrick speicherte das Bild. Lyra betrachtete es eingehend. Aber sie wollte sich keine falschen Hoffnungen machen . . . Lyra, du steigerst dich da in etwas hinein!

»Was ist?«, fragte Patrick und sah sie besorgt an.
»Schon gut. Kannst du mir das Foto ausdrucken?« Lyra versuchte, sich ihre Verwirrung nicht anmerken zu lassen.
Patrick schaltete den Drucker an. »Aber mir ist übrigens etwas eingefallen. Meine Schwester ist doch Journalistin. Vielleicht kann sie uns helfen? Weißt du noch, wann genau Viola verschwunden ist?«
»Am vierten Juli. Nein . . . an dem Tag war ihr Todestag.« In diesem Moment wurde ihr etwas klar. Der letzte Eintrag im Tagebuch stammte vom ersten Juli, von dem Tag, an dem sie verschwand! Da war sie mit dem Jungen, den sie J. nannte, in den Wald gegangen. Warum war ihr das nicht gleich aufgefallen? Ob Viola direkt nach dem Ausflug abgehauen war? In ihren Tagebucheinträgen klang sie von Mama und Papa so genervt, dass Lyra fast verstehen konnte, dass ihre Schwester einfach davongelaufen war . . .
»Patrick, ich muss dir etwas sagen«, begann sie und erzählte ihm von Violas Tagebuch.
»Was ist mit diesem J. passiert?«, wollte Patrick wissen.
»Keine Ahnung.«
»Und er war in deine Schwester verliebt?«
Lyra nickte. »Ich denke schon. Und sie in ihn.«
Nachdenklich kraulte Patrick Tiger, der hereingeschlichen war, hinter den Ohren.
»Sag mal, hast du nicht gesagt, dass dieser Leander auch in Viola verliebt war?«, sagte Patrick schließlich.
Richtig. Leander war in Viola verliebt. Aber ein Leander kam im Tagebuch nicht vor.
»Glaubst du, dass Leander J. ist?«, grübelte Lyra.
»Aber warum sagt er dann, er heißt Leander?«, wandte Patrick ein.
»Vielleicht hat Viola ihn im Tagebuch einfach J. genannt. Zur Si-

cherheit sozusagen, falls Mama das Tagebuch gefunden hätte«, sagte Lyra. »Allerdings hat Leander gesagt, dass er mit seiner Mutter vor Violas Verschwinden weggezogen ist.«
»Mhm.« Patrick kraulte Tiger immer noch, der genüsslich die Augen geschlossen hatte. »Und was ist auf ihrer sogenannten Forschungsreise in den Wald passiert?«
»Das werd ich rauskriegen«, murmelte Lyra und nahm das Foto aus dem Drucker.
»Was hast du jetzt vor?«, wollte Patrick wissen.
Lyra stand auf. »Ich muss nachdenken.«
»Wenn du mich brauchst, ruf einfach an«, sagte er zum Abschied.
Auf dem Heimweg wurde ihr immer klarer: Sie musste noch einmal mit Leander sprechen. Leander ist der Einzige, der die Wahrheit über J. wissen und sie mir sagen könnte, dachte sie. Sie suchte im Handy nach seiner Nummer, da fiel ihr ein, dass sie seine Nummer gar nicht hatte. Er hatte ihre notiert! Was sollte sie jetzt tun? Sie wusste ja noch nicht einmal, wo er wohnte. Warum habe ich ihn eigentlich nie gefragt?, dachte sie.
Doch bisher war sie ihm immer wieder über den Weg gelaufen. Warum nicht auch heute? Sie ging an ihrer Haustür vorbei zum Eisladen. Vielleicht würde sie ihm ja hier begegnen? Suchend hielt sie zwischen den Touristen nach ihm Ausschau.
Da fiel ihr ein, dass er gesagt hatte, er arbeite als Koch in einem Restaurant. Wie hieß es nur? *Beddinge?* Es sei ein schwedisches Lokal, hat er gesagt. Kurz entschlossen betrat sie die Tapas-Bar vor ihr und fragte den Kellner nach einem schwedischen Lokal. Er nannte ihr eines in der Nähe, dessen Namen sie schon einmal gelesen hatte, aber es hieß nicht *Beddinge.*
»Beddinge? Bist du sicher, dass es hier in der Altstadt ist? Es gibt auch ein bekanntes Restaurant in Puerto Banús . . .«

Sie hörte gar nicht mehr zu, bedankte sich und ging nach Hause. Seltsam, dass der Kellner das Restaurant nicht kannte. So viele schwedische Lokale gab es doch nicht in der Gegend. Und was wäre, wenn Leander sie belog? Hatte er irgendetwas zu verbergen? Lyra kannte ihn ja kaum, sie wusste ja noch nicht einmal, wo er wohnte . . . Andererseits – warum sollte sie Leander misstrauen? Er wollte ihr ja nur helfen.
Lyra schüttelte sich. Diese ganze Grübelei führte zu nichts. Es blieb ihr nichts anderes übrig, als darauf zu warten, Leander wieder zu treffen.

»Lyra, wo warst du?«
Sie konnte die Stimme ihrer Mutter nicht mehr ertragen.
»Mit Patrick Englisch lernen!« Wie leicht ihr die Lüge über die Lippen ging. Aber was waren schon ihre Lügen gegenüber denen ihrer Mutter?
»Komm doch mal, bitte, Lyra.« Ihre Mutter klappte einen Ordner zu, den sie auf dem Esstisch liegen hatte.
Oje, dachte Lyra, sie hat bestimmt gemerkt, dass ich an ihrem Kleiderschrank war. Sie holte Luft. »Ja, was gibt's?«
Der Blick ihrer Mutter ließ sie nichts Gutes ahnen.
»Lyra, ich muss mit dir reden.«
Aha, jetzt würde sie endlich sagen, dass sie Lyra belogen hatte.
»Ja?«, fragte Lyra in möglichst harmlosem Ton.
Ihre Mutter streckte die Hand nach Lyras aus, doch Lyra zog sie zurück. Ihre Mutter seufzte. »Ich verstehe ja, dass du an Viola denkst. Aber, Lyra, die Erinnerung an diesen schrecklichen Tag tut nicht gut. Ich kann schon nicht mehr schlafen. Und du bist auch so verändert. Schätzchen«, ein sanftes Lächeln breitete sich auf ihrem Gesicht aus. »Lass die Vergangenheit ruhen. Glaub mir, du musst lernen zu vergessen.«
War denn alles so einfach? Lyra wusste, dass es oft einfacher

war, zu lügen als die Wahrheit zu sagen. Sie überlegte, ob sie jetzt nach diesem J. fragen sollte, aber in diesem Augenblick klingelte das Handy ihrer Mutter. Ein Interessent, der gleich ein Haus besichtigen wollte, hörte Lyra aus den Antworten ihrer Mutter heraus.
»Schätzchen, ich muss los, bitte, versprich mir, dass du nicht mehr so grübelst. Du hast doch Ferien, genieß sie ein bisschen!«
Ich muss nachdenken, dachte Lyra, als sie allein war. Vielleicht wäre es gut, einfach noch ein bisschen spazieren zu gehen, ein Stück außerhalb der Stadt, wo nicht so viele Touristen waren. Sie musste an die Bauruine denken. Da schoss ihr plötzlich ein Gedanke durch den Kopf: Das Medium hatte doch etwas von Zeichen gesagt, die sie suchen sollte. *Die Zeichen* – natürlich! In der Bauruine waren doch diese Zeichen an der Wand . . .
Schnell griff sie nach ihrem Handy und rief Patrick an. »Wir müssen unbedingt noch mal in die Bauruine! Der Scherenschleifer ist ja angeblich weg.«
»Das tut mir leid, aber ich kann heute unmöglich mitkommen, meine Eltern haben Gäste eingeladen und ihre Kinder sind dabei.«
Die Aussicht, allein durch die Bauruine zu schleichen, fand Lyra nicht gerade verlockend.
»Meinst du, ich kann mir wenigstens Tiger ausborgen?«, fragte sie vorsichtig.
»Klar! Meine Eltern sind mit ihren Gästen so beschäftigt, dass sie gar nicht nach dem Hund fragen werden. Außerdem sind sie schon bei der dritten Flasche Wein!«
»Gut, ich bin gleich da.«
Lyra wartete noch ein paar Minuten. Sie wollte keinesfalls ihrer Mutter auf der Straße begegnen. Vielleicht war sie ja aufgehalten worden und plauderte mit jemandem. Lyra ging in die Kü-

che. Zu Fuß würde sie mindestens eine halbe Stunde bis zur Bauruine brauchen. Sie nahm eine Flasche Wasser aus dem Kühlschrank, steckte ein paar Kekse und eine Banane ein. An der Küchentür drehte sie sich noch einmal um und nahm das größte Küchenmesser aus der Schublade. Man weiß ja nie, dachte sie und verpackte es in einem Handtuch, bevor sie es in ihre Tasche gleiten ließ.
Zehn Minuten später war Lyra mit Tiger an der Leine auf dem Weg zur Bauruine.

ZWEIUNDZWANZIG

Lyra hatte die Altstadt schon weit hinter sich gelassen. Der Weg war doch länger, als sie gedacht hatte. Obwohl es schon dämmerte, war es immer noch heiß. Sie schwitzte und Tiger hechelte mit langer Zunge. Endlich hatte sie die Unterführung erreicht, den Tunnel, der unter der Autoschnellstraße durchführte. Ein paar Autos fuhren an ihr vorbei. Ein Fahrer hupte und ließ das Fenster herunter. »Kann ich dich mitnehmen?«, fragte er. Er trug eine blaue Kappe und hatte ein ölverschmiertes Gesicht.

»Nein, danke, ist nicht weit!«, gab sie zurück und ging weiter. Niemals würde sie bei einem Fremden einsteigen. Auch nicht mit Hund. Das hatte ihr ihre Mutter eingeschärft. Sie dachte an Viola, wie sie mit dem Fahrrad und ihrem Gepäck in den Wald gefahren war. Lyra erinnerte sich kaum noch an den Wald in der Nähe ihres Ortes. Wenn sie an ihn dachte, dann sah sie dicht stehende dunkle Bäume vor sich, hörte geheimnisvolle Vogellaute und hatte den Geruch vermodernden Laubs in der Nase. Eine Gänsehaut überlief sie. Doch ihre von Gebüsch überwachsene Bauruine war auch nicht unbedingt einladender. Dennoch, irgendetwas zog sie dorthin. Als versteckte sich dort die Antwort auf ein Geheimnis.

Die letzten Meter durch das hohe Gras, über Kabel und Metallgitter fielen besonders schwer. Sie musste aufpassen, dass Tiger nicht in einen scharfen Gegenstand trat.

Schweißgebadet betrat sie den Raum des Scherenschleifers und schaltete die Taschenlampe ein. Merkwürdig, alles war noch da. Der Scherenschleifer musste wohl Hals über Kopf geflohen sein – oder – ihr stockte der Atem – oder er war gar nicht weg . . .

Sie war froh, dass sie Tiger dabeihatte, an das Küchenmesser in ihrer Tasche mochte sie gar nicht denken. Tiger begann gleich, die Behausung zu untersuchen und schnüffelte überall herum, an dem Altar mit dem Foto und der Kette, in der Ecke mit dem Schlafsack, an der Kaffeemaschine. Langsam ließ sie den Lichtstrahl über die Wand gleiten, bis der Lichtkegel auf die Stelle fiel, nach der sie gesucht hatte. Lyra trat näher heran. Aber das waren ja gar keine Zeichen, das waren Buchstaben, ganze Sätze. Sie sahen ein wenig krakelig aus, sie waren wohl mit einem spitzen Gegenstand eingeritzt worden, aber es waren eindeutig Sätze.

Doch alles, was uns anrührt, dich und mich,
nimmt uns zusammen wie ein Bogenstrich,
der aus zwei Saiten eine Stimme zieht.
Auf welches Instrument sind wir gespannt?
Und welcher Geiger hat uns in der Hand?
Oh süßes Lied.

Ein Liebesgedicht. Mein Gott, dachte Lyra, der war ja wirklich ganz schön in Pia verknallt. Ein Knurren ließ sie aufhorchen.

»Tiger, was ist?«

Sein Knurren wurde lauter.

»Psst, Tiger, komm her!«, flüsterte sie und duckte sich. Es hörte sich an, als schlüge jemand mit einem schweren Gegenstand gegen eine Mauer. Oh, Gott, der Scherenschleifer! In ihrer Fantasie sah sie ihn schon mit scharfen, blitzenden Messern hereinkommen. Sie drückte sich dichter an Tiger, der immer noch leise knurrte.

»Ganz still, Tiger!«, flüsterte sie wieder und reckte sich, um aus der Fensteröffnung hinauszusehen. Es war dunkel geworden. Ein schwacher Lichtschimmer erhob sich über der Stadt. Sie konnte niemanden entdecken. Vielleicht schlug der Wind ein Kabel oder einen Ast an die Wand? Sie tastete nach ihrem Messer in der Tasche.

»Ist jemand da draußen?«, flüsterte sie Tiger ins Ohr. Natürlich verstand der Hund sie nicht und antworten konnte er erst recht nicht, aber ihre eigene Stimme beruhigte sie. Im Notfall, wusste sie, würde Tiger sie retten, auch wenn er ein freundlicher Labrador war. Das Geräusch veränderte sich nicht. Es war bestimmt der Wind. Es musste der Wind sein!

»Tiger, kannst du mir sagen, wer mich auf diese verrückte Idee gebracht hat?«, seufzte sie. Tiger sah mit schräg gelegtem Kopf zu ihr auf. Der Wind rauschte, schlug Zweige und Kabel an die Mauern, pfiff durch Ritzen und Risse. Ein Eisengitter zitterte und machte dabei seltsame, metallische Geräusche.

In diesem Moment klingelte Lyras Handy. Unwillkürlich zuckte sie zusammen.

»Lyra?« Sie erkannte Leanders Stimme.

»Ich habe die ganze Zeit auf deinen Anruf gewartet!«, rief sie ins Telefon und erschrak über die Lautstärke.

»Du hast auf mich gewartet?«, fragte er überrascht.

»Ja, ich habe etwas gefunden. Und ich muss unbedingt mit dir darüber reden«, flüsterte sie.

»Was hast du gefunden?«

»Violas Tagebuch.«

Lyra lauschte. Keine Antwort. »Leander?«

»Ja, ich bin noch da! Du musst es mir unbedingt zeigen! Wir müssen uns treffen. Gleich in der Stadt, an der Plaza de los Naranjos?«

»Ja, aber ich bin ein bisschen weiter weg.«

»Wo bist du denn?«

»Ach, ich bin . . .« Sie zögerte, nein, es wäre besser, wenn nur sie und Patrick wussten, wo sie war. »Also in einer halben Stunde?«

»Okay, bis dann.« Er legte auf.

Hastig griff Lyra nach Tigers Leine, ließ den Blick durch die Behausung streifen, las noch einmal leise vor sich hin murmelnd die Verse des Gedichts und machte sich dann auf den Rückweg.

»Schon zurück?«, fragte Patrick erstaunt.

Sie berichtete ihm von Leanders Anruf. »Ich bin gespannt, was er über diesen J. weiß«, fügte sie hinzu.

Aus dem Haus drang irgendeine altmodische Musik, wie bei Daniel. Da tauchten zwei kleine Jungen hinter Patrick auf und plärrten: »He, Patrick, komm schon, spiel mit uns!« Patrick verdrehte die Augen.

»Ich muss jetzt los. Danke, Tiger.«

»Pass auf dich auf!«, sagte Patrick noch.

Sie nickte und machte sich mit einem leichten Kribbeln in der Magengegend auf den Weg zum Treffpunkt.

Trotz der vielen Touristen, die überall an den Restauranttischen unter den Orangenbäumen saßen, entdeckte Lyra Leander sofort. Er lehnte an einer Hauswand. Als er sie kommen sah, hob er die Hand und begrüßte sie mit zwei Küsschen auf die Wangen. Lyra durchrieselte wieder ein Schauer. Lyra, du spinnst doch, sagte sie sich, das sind ganz normale Begrüßungsküsse, wie sie sich hier alle geben. Und eine leise Stimme in ihr warnte sie. Sie wusste doch immer noch nicht, ob er wirklich die Wahrheit sagte. Auch wenn sie es so gerne wollte – dass ihre große Schwester noch am Leben war!

»Komm, wir gehen da rüber, da ist es ruhiger.« Leander deutete nach links.

Sie folgte ihm durch eine kleine Gasse, die an einem winzigen Platz bei einer alten Steinmauer endete. Davor wuchs ein Granatapfelbaum. Sie setzte sich neben ihn auf die Felsbrocken unter den Baum. Obwohl sie sich nicht weit von den belebten Straßen entfernt hatten, glaubte man hier, an einem ganz anderen Ort zu sein. Es war still bis auf das Zwitschern eines Vogels, der oben irgendwo im Baum sitzen musste. Unwillkürlich dachte sie daran, ob jemand ihr Schreien von hier hören könnte. Aber was für ein Unsinn, es musste mit ihrem Ausflug zur Bauruine zu tun haben . . .

Leander zeigte auf eine mit blühenden Hängepflanzen bewachsene Steinmauer. »Die stammt von einem alten Wachturm. Überall an der Küste stehen sie. Von dort konnte man die Seeräuber, die hier oft anlegten, schon frühzeitig kommen sehen.«

Lyra war jetzt nicht nach Geschichtsunterricht zumute.

»Ich habe Violas Tagebuch gefunden«, sagte sie.

Er lächelte entschuldigend. »Natürlich. Es fiel mir nur gerade so ein.«

»Meine Mutter hatte es die ganze Zeit und hat mir nie etwas davon gesagt.« Lyra betrachtete ihn. Wie würde er reagieren, wenn sie diesen J. erwähnte? War er J.? Dann müsste er auch wissen, was damals im Wald passiert war.

»Was siehst du mich so an, Lyra? Ist etwas?«

Jetzt würde sie ihn fragen. »Kennst du einen J.?«

»J.? Was ist das? Ein Name?«

War er eben zusammengezuckt oder hatte sie sich das nur eingebildet?

»Ja, der, in den Viola verliebt war.«

»Stimmt«, sagte er langsam, »ich erinnere mich.« Ein Schatten legte sich über Leanders Augen.

»Du kanntest ihn also?«, fragte sie lauernd.

»Na ja«, er stieß einen Seufzer aus und strich sich eine blonde Strähne aus der Stirn. »Persönlich nicht, aber Viola war ganz verrückt nach ihm – und nach seinen Kaninchen.«

Davon weiß er also auch, dachte Lyra.
Er schüttelte den Kopf. »Jan. An seinen Nachnamen erinnere ich mich nicht. Aber – was schreibt sie über ihn?«
Jan, also. Lyra merkte, wie sie erneut ein Schauer durchrieselte. Sie erzählte ihm von den Nachmittagen im Gartenhaus und von Violas Ausflug in den Wald. Und dass danach die Tagebucheinträge aufhörten.
Leander sah sie entsetzt an. »Es kommt mir vor, als wäre es gestern erst passiert!« Er schüttelte den Kopf. »Ich muss es dir erzählen.«
Es fällt ihm wirklich schwer, darüber zu reden, dachte Lyra.
Er nahm ihre Hand in seine. »Hör zu: Ich habe dir gesagt, dass meine Eltern eine Bäckerei hatten.« Lyra nickte. »Viola hatte mir von Jan erzählt. Dass sie in ihn verliebt war. Und er in sie. Sie erzählte mir, dass er so klug und so anders war als alle, die sie kannte. Ich war eifersüchtig, das gebe ich zu.« Leander sah ihr fest in die Augen. Dann fuhr er fort. »Viola erzählte mir eines Tages, dass sie im Wald übernachten wollten. Wir hatten in unserer Bäckerei gerade frische Hörnchen gebacken. Es roch wunderbar . . . magst du frische Hörnchen?«
Lyra nickte. Aber er sollte jetzt endlich weitererzählen.
»Wir setzten uns also auf die Mauer vor unserer Bäckerei und Viola erzählte mir, dass sie eigentlich Angst habe, mit Jan da im Wald zu übernachten. Er wollte nämlich unbedingt mit ihr schlafen und sie sei sicher, dass er es im Zelt wieder versuchen wollte. Aber sie war noch nicht bereit dazu. Warum gehst du dann überhaupt hin, habe ich sie gefragt. Weil ich ihn mag. Ich will ihn nicht verlieren, hat Viola geantwortet. Wenn er dich liebt, dann versteht er dich, habe ich ihr erklärt und ihr vorgeschlagen, nicht zu Jan zu gehen und bei mir zu bleiben. Na ja, sie wollte ihn unbedingt sehen.« Leander zuckte die Schultern. Er sah auf einmal traurig aus, fand Lyra.

»Bevor dann der Tag kam, ging die Scheidung meiner Eltern durch und ich zog mit meiner Mutter weg. Und ich habe nichts mehr von ihr gehört. Erst Jahre später – das habe ich dir ja schon erzählt – habe ich gehört, dass Viola und Jan verschwunden waren.«

»Jan war auch verschwunden?«, fragte sie überrascht.

Er nickte. »Aber ja!«

In Lyras Kopf überschlugen sich die Gedanken. Dann war Viola vielleicht mit Jan abgehauen?

»Von einem Autounfall hast du nichts gehört?«, wollte sie wissen.

Er schüttelte den Kopf. »Nein.« Er seufzte und sah Lyra mit ernsten Augen an. »Ich weiß, es ist schwer für dich, aber einen Autounfall hat es nie gegeben. Es tut mir leid, Lyra, aber den haben deine Eltern erfunden.«

Einmal mehr durchfuhr Lyra ein stechender Schmerz. Sie hatte keine Ahnung, wie sie sich ihrer Mutter gegenüber verhalten sollte. Aber zuerst einmal musste sie alles wissen.

»Und ist Jan irgendwann wieder aufgetaucht?«, fragte sie weiter.

Er schüttelte den Kopf. »Soweit ich weiß, nicht. Seine Mutter soll am Boden zerstört gewesen sein. Tag und Nacht hat sie auf ihn gewartet. Aber ihr Sohn kam nicht mehr.«

»Dann sind sie also beide weggegangen.« Lyra dachte nach.

Jetzt erinnerte sie sich wieder an die Tage des Wartens auf Viola. Da wussten ihre Eltern schon, dass ihre Tochter von zu Hause weggelaufen war. Was für eine verrückte Geschichte, dachte Lyra.

»Das Leben kann ganz schön verrückt sein, was?«, sagte Leander und sah sie an, als ob er ihre Gedanken lesen könnte.

»Was denkst du?«, fragte sie und spürte, dass sein Händedruck fester wurde.

»Du erinnerst mich total an deine Schwester.«
Lyra dachte an das im Computer generierte Foto. Familienähnlichkeit.
»Du bist genauso schön.«
Sie merkte, wie ihr die Hitze ins Gesicht schoss. Was sollte sie darauf erwidern? Themenwechsel!
»Warst du nicht wütend auf Jan?«, fragte sie.
»Na ja, ein bisschen schon.« Er lächelte. »Aber ich war nun mal zu schüchtern, um Viola zu überzeugen, dass ich die bessere Wahl wäre.«
Unverhohlen musterte Lyra Leander. Schüchtern wirkte er nicht, eher etwas zurückgezogen. Aber das alles war ja schon zehn Jahre her.
»Und was hast du all die Jahre gemacht? Wie bist du Schiffskoch geworden?«, fragte sie. Nun wollte sie seine Geschichte hören.
»Willst du es wirklich wissen?«
Lyra nickte.
Er holte tief Luft und begann: »Na gut. Also, mein Vater dachte zuerst, ich käme als Lehrling zu ihm zurück. Aber ich wollte nicht Bäcker werden. Weißt du, dass Bäcker um zwei Uhr nachts anfangen, Brote zu backen?«
Klar wusste sie das. Manchmal, wenn sie ganz frühmorgens von einer Reise zurückgekommen oder durch die Stadt gegangen waren, da war ihr frühmorgens der Duft frischen Brotes in die Nase gestiegen.
»Dann habe ich im Fernsehen einen Film über das Leben auf einem Frachter gesehen. Das hat mir gefallen. Und so bin ich zur See gefahren.«
»Wie ein richtiger Matrose siehst du nicht aus«, bemerkte sie.
Er lachte. »Ich war ja auch Schiffskoch!«
»Hast du auch etwas anderes gekocht als Bohnen mit Speck?«
»Was? So was hab ich nie gekocht! Die Besatzung wollte gut

verpflegt werden. Du weißt ja gar nicht, wie wichtig das ist. Na ja, heute sterben die Leute nicht mehr an Skorbut, aber früher starben richtig viele Matrosen an dieser Krankheit. Zuerst blutet das Zahnfleisch und die Zähne fallen aus, später kriegt man dann innere Blutungen, der ganze Körper . . .«
»Hör auf!« Solche Gruselgeschichten mochte Lyra nicht hören.
»Entschuldige. Aber . . .« Leander hielt inne und wurde wieder ernst. ». . . es ist jetzt viel wichtiger, dass wir nach deiner Schwester suchen. Und, glaub mir, Lyra, wir beide werden Viola finden.«
Er sah in den Himmel, an dem die ersten Sterne zu funkeln begannen, und lachte. »Wenn die Arktis schmilzt, werde ich reich! Steinreich! Dann kann ich alles kaufen!« Er machte eine weite Handbewegung über die Häuserdächer und den Himmel. »Na, wie findest du das?«
Lyra verstand nicht, wieso er jetzt von der Arktis erzählte. Gerade hatte er noch von Skorbut geredet und dass sie nach ihrer Schwester suchen würden. »Blöd«, sagte sie deshalb und stand auf. Doch er ließ ihre Hand nicht los.
»He, warte, du musst doch nicht gleich so beleidigt sein.«
»Lass mich.« Sie wollte ihn abschütteln, aber sein Griff war eisenhart. »Du tust mir weh!«
»Sorry!« Erschrocken ließ er ihre Hand los und lächelte unbeholfen. »Sorry, ich wollte dir nicht wehtun. Es war nur . . .«
»Was?«
»Ach, nichts!« Er machte eine wegwerfende Handbewegung. »Ich musste nur an Jan denken und da bin ich wütend geworden. Ist schon wieder vorbei.«
»Trotzdem muss ich jetzt gehen.« Ihr fiel ein, dass sie ihrer Mutter gar keine Nachricht hinterlassen hatte.
»Schade«, sagte er und sah wieder in den Himmel. »Ich verspreche dir, ich suche deine Schwester. Und wenn ich sie gefunden

habe, sage ich dir sofort Bescheid.« Er war ebenfalls aufgestanden und gab ihr zum Abschied zwei Küsse auf die Wangen. Täuschte sie sich oder landeten die Küsse näher am Mund als beim letzten Mal? Lyra drehte sich hastig um und lief nach Hause. Sie war völlig durcheinander. All die Lügen . . .

Sie war erleichtert, dass ihre Mutter noch nicht zu Hause war. Unmöglich hätte sie ihr jetzt begegnen können. Sie schrieb ihr eine Nachricht.

Schlafe schon. Gute Nacht. L.

Dann ging sie in ihr Zimmer, nahm das Tagebuch unter dem Kissen hervor und legte sich ins Bett. Bevor sie einschlief, las sie alles noch einmal und dann musste sie weinen.

DREIUNDZWANZIG

Als sie am Morgen aufwachte, hatte sie das Gefühl, alles, was im Tagebuch stand, selbst erlebt zu haben. Die Nachmittage im Gartenhaus, das Verliebtsein, das Füttern der Kaninchen, sogar die Küsse von J., also Jan, hatte sie gespürt. Du bist verrückt, Lyra, sagte sie sich. Noch bevor sie ins Bad ging, schaltete sie ihr Handy an.

Eine SMS von Patrick.

Habe Neuigkeiten.

Sie rief gleich zurück. Aber entweder hatte er sein Handy ausgeschaltet oder er hatte keinen Empfang. Sie zog sich rasch an und verließ das Haus. Unterwegs überfiel sie ein schrecklicher Hunger, doch jetzt hatte sie keine Zeit zum Essen. Es gab Wichtigeres.

»J. heißt Jan. Und Leander ist nicht J.!«, platzte sie heraus, als Patrick die Tür aufzog und gähnte.

»Komm erst mal rein«, sagte er.

»Bin ich zu früh?« Sein Haar stand wirr in alle Richtungen und sein T-Shirt und die Shorts sahen so zerknittert aus, als habe er darin geschlafen. Er war wohl gerade erst aufgestanden.

Er sah an sich herunter. »Na ja, stört dich doch nicht, oder?«

Sie schüttelte den Kopf.

Tiger begrüßte sie aufgeregt. »Nein, Tiger, heute gehe ich nicht mit dir auf Expeditionstour«, sagte sie und folgte Patrick hinauf in sein Zimmer.

»Ich hab meiner Schwester geschrieben. Und heute Morgen

kam schon eine Antwort.« Patrick rückte zur Seite, damit Lyra die Mail auf dem Bildschirm lesen konnte.

Lieber Patrick,
Ganz kurz, hab gerade null Zeit. Anbei die Informationen, die ich in Erfahrung bringen konnte.
Im Anhang der Zeitungsartikel vom 3. Juli 1997 des Wormser Echos.
Wenn du mehr brauchst, sag Bescheid.
Nora

Patrick öffnete die Datei im Anhang.

Schülerin vermisst

Noch immer fehlt jegliche Spur der 15-jährigen Viola G. Am Abend des 1. Juli ist die Schülerin des Heinrich-Heine-Gymnasiums nicht nach Hause gekommen. Sie wollte bei einer Freundin Englisch lernen. Doch dort ist sie nie gewesen. Seitdem gilt sie als vermisst.

Die Polizei plant für den folgenden Tag eine groß angelegte Suche mit Spürhunden. Noch immer besteht die Hoffnung, dass die gewissenhafte Schülerin, wie viele Gleichaltrige, nur für ein paar Tage von Zuhause weglaufen ist.

Sowohl Lehrer als auch Schulkameraden bestätigen, dass Viola stets pflichtbewusst war. Allerdings, räumt ihre Klassenlehrerin ein, habe sie Viola in den letzten Wochen öfter »abwesend und verträumt« erlebt.

Auch Violas Mutter bestätigte gegenüber unserer Zeitung, dass sich ihre Tochter in den vergangenen Wochen verändert habe. »Sie hat kaum noch mit meinem Mann und mir gesprochen. Aber Viola ist noch

nie einfach weggeblieben. Sie hat uns immer Bescheid gegeben.«
Bei Hinweisen zum Verschwinden von Viola G. wenden Sie sich an unsere Zeitung oder an jede Polizeidienststelle.

»Viola ist also verschwunden«, stellte Patrick fest.
Lyra seufzte. Das wusste sie bereits.
Tiger zwängte sich durch den Türspalt und steuerte zielstrebig Lyra an. »Du weißt, dass du bei mir immer ein paar Streicheleinheiten bekommst, stimmt's?«, sagte sie. Der Hund legte sogleich den Kopf auf ihren Oberschenkel.
»Also, wenn ich das jetzt alles richtig verstanden habe, dann belügt dich deine Mutter. Sie behauptet, Viola sei bei einem Verkehrsunfall mit Fahrerflucht gestorben.« Patrick kratzte sich am Kopf und runzelte die Stirn. »Die Wahrheit aber ist: Viola ist mit diesem Jan abgehauen, weil sie es nicht mehr zu Hause ausgehalten hat. Tja, und Leander kennt Viola von früher und hat erfahren, dass sie hier in der Gegend in einem Bergdorf wohnen soll. Richtig?« Er sah sie mit hochgezogenen Brauen an.
Lyra nickte.
»Scheint ja schwer in deine Schwester verliebt gewesen zu sein«. Patrick lachte kurz, dann wurde er plötzlich ernst. »Sag mal, wie kommst du eigentlich damit klar, dass dich deine Mutter angelogen hat?«
Überrascht sah sie ihn an. Das hatte Leander sie nicht gefragt. Sie unterdrückte ein Seufzen. »Ist ziemlich beschissen.«
Patrick nickte. »Kann ich mir vorstellen. Du . . .«
»Ja?«
»Ich wollte noch . . . ich wollte dir noch sagen, wenn du mich brauchst, zum Quatschen, dann . . .« Er wurde rot.
»Danke.« Sie war ein bisschen verlegen. »Echt.«

VIERUNDZWANZIG

In Gedanken versunken machte sie sich durch die Altstadt auf den Heimweg. Es war Nachmittag und die Läden hatten ihre Rollläden heruntergelassen und für die Siesta geschlossen. Sie wollte gerade in ihre Straße einbiegen, als sie hörte, wie jemand ihren Namen zischte.

»Lyra!«

Erschrocken fuhr sie herum und schon hatte Leander sie am Handgelenk gepackt und zu sich gezogen. »He, was . . .!« Verwirrt sah sie ihn an.

»Psst . . .!«, flüsterte er und legte den Finger auf die Lippen, »sorry, ich wollte dich nicht erschrecken, aber ich glaube, ich habe deine Mutter ins Haus gehen sehen, und ich wollte nicht, dass sie uns entdeckt.« Er ließ ihre Hand los.

»Was ist denn los?« Musste er sie so erschrecken?

»Ich habe eine Neuigkeit!«, fuhr er im Flüsterton fort. »Ich habe Viola gesehen!«

»Nein, nein, das ist unmöglich, ich meine, wo? Wann?« Sie fühlte sich, als hätte sie gerade ein elektrischer Schlag getroffen.

»Sie saß am Steuer eines Lieferwagens mit Name und Adresse einer Bäckerei hinter Ojén, *Panaderia Sanchez*, Bäckerei Sanchez.«

»Bist du sicher?« Dann war die Frau mit den Ohrringen und dem lilafarbenen T-Shirt auf dem Markt also tatsächlich Viola gewesen?

»Absolut sicher.« Er grinste. »Und nun das Beste: Ich habe in der Bäckerei angerufen und mir den Namen der Fahrerin geben lassen. Stell dir vor, da hieß es, die Bäckerei gehöre einer Viola Sanchez!«

»Sanchez?«, fragte sie enttäuscht.

»Ja, man hat mir gesagt, dass sie aus Deutschland käme und eigentlich einen deutschen Namen habe. Aber den konnte sich hier niemand merken. So etwas wie Gramm, Grammer, na was sagst du dazu?«

Einen Moment lang hallten seine Worte in ihrem Kopf.

Wenn das die Wahrheit wäre, dann . . . Lyras Gedanken überschlugen sich. »Ich muss unbedingt zu ihr.«

»Das dachte ich mir!« Er strahlte sie an. »Ich dachte, wir fahren morgen Nachmittag. Kannst du da weg?«

Natürlich konnte sie weg. Ihr würde schon was einfallen, was sie ihrer Mutter erzählen könnte. Sie war inzwischen eine perfekte Lügnerin geworden.

»Kennst du den Ort?«, wollte sie wissen. Sie konnte es immer noch nicht fassen!

Er nickte. »Ich habe mich informiert. Damals, als die Christen Südspanien von den Mauren zurückerobert haben, im zwölften Jahrhundert, da haben sich einige Mauren in die Berge geflüchtet und haben in kleinen Dörfern weitergelebt. Inzwischen leben dort viele Ausländer und Hippies. Na ja, sagen wir mal, die Nachkommen von denen.«

Aber Lyra hörte Leander gar nicht mehr zu. Sie fragte sich, was passieren würde, wenn sie ihre große Schwester tatsächlich in dieser Bäckerei antraf. Würde Viola sie überhaupt wiedersehen wollen? Und warum, warum um alles in der Welt hatte ihre Mutter ihr nie die Wahrheit erzählt?

»Du hast doch irgendwas, stimmt's?« Leander hob ihr Kinn und sah sie eindringlich an. »Komm schon, du kannst mir alles sagen.«

Lyra stöhnte. »Ach, es ist ein ziemlich blödes Gefühl zu wissen, dass mich meine Mutter all die Jahre angelogen hat.«

Leander streichelte ihre Schulter. »Ja, klar, aber es war all die Jahre ja auch nicht leicht für sie.«
Sie nickte. Er hatte recht. Wie schlimm musste das alles erst für ihre Mutter gewesen sein?

In der Nacht konnte sie kaum schlafen. Was sage ich Mama, wenn ich Viola wiedergefunden habe? Würde Viola mit mir kommen und dann bei uns leben? Unsinn, sie war doch schon fünfundzwanzig. Vielleicht hatte Viola ja diesen Jan oder einen anderen geheiratet und hatte Kinder? Dann wäre ich ja Tante und Mama wäre Großmutter! Ob Mama der Gedanke gefallen würde?
Warum hat Mama eigentlich nie nach Viola gesucht? Oder hat sie und hat es nie erzählt? Vielleicht sind wir ja hierhergezogen, weil Mama wusste, dass Viola hier lebt? Vielleicht – vielleicht – vielleicht konnte sie ja auch Leander nicht trauen, vielleicht . . .
Ihre Gedanken wirbelten im Kopf herum. Es gab so viele Fragen.

Am nächsten Morgen war sie wahnsinnig aufgeregt und hatte Mühe, sich ihre Anspannung nicht anmerken zu lassen.
»Geht ihr wieder an den Strand?«, fragte ihre Mutter, als sie sich in der Küche trafen.
»Ja, klar.« Wie leicht ihr das Lügen inzwischen fiel.
Ihre Mutter lächelte. »Ich freue mich, dass du deine Ferien genießt! Was meinst du, wir könnten heute Mittag doch zusammen etwas Leckeres essen gehen?«
»Ich bin schon bei Patrick eingeladen.« Lyra bemühte sich, ihre Mutter dabei nicht anzusehen.
»Ach so. Schade.« Ihre Mutter klang enttäuscht.
Warum, warum nur hast du mich angelogen!, schrie sie stumm

und wartete ungeduldig darauf, dass ihre Mutter endlich zur Arbeit ging.
»Also, bis heute Abend, mein Schatz, und hab einen schönen Tag«, sagte ihre Mutter dann auch und gab ihr einen Kuss.
»Ja, bis dann.« Lyra versuchte, so harmlos wie möglich zu klingen. Wenn ihre Mutter wüsste, dass sie und Leander Viola besuchen würden! Allerdings hatte sie noch keinen blassen Schimmer, wie sie das am Abend ihrer Mutter beibringen sollte. Vielleicht würde sie es ja einfach auch für sich behalten.
Sie ging kurz zur Toilette und da hörte sie, wie das Handy ihrer Mutter läutete. Was sagte ihre Mutter da? »Nein, nein, ich habe es ihr noch nicht gesagt. Ich kann das nicht so einfach tun, Daniel! Sie wird mich hassen!«
Einen Augenblick lang überlegte Lyra, ob sie ihre Mutter zur Rede stellen sollte, doch wer weiß, wie lange diese Auseinandersetzung dauern würde, und ihre Mutter würde vielleicht doch nicht die Wahrheit sagen . . . Da fiel auch schon die Tür ins Schloss und Lyras Mutter war weg. Endlich!
Lyra zog einen kurzen Rock an, ein Top und Flip-Flops und betrachtete sich im Spiegel. Viola sollte stolz auf ihre kleine Schwester sein. Sie lächelte ihrem Spiegelbild zu und fuhr sich durchs Haar. Noch nass. Draußen war es heiß. Ihr Haar wäre gleich getrocknet. Sie warf einen Blick auf die Uhr. Zeit zu gehen. Leander wartete mit dem Auto hinter dem Parkhaus in der kleinen Seitenstraße. Und wenn Viola entsetzt darüber war, dass man sie gefunden hatte? Entschieden schob sie den Gedanken beiseite und schloss die Tür.

FÜNFUNDZWANZIG

Leander hatte ihr nicht verraten, welches Auto er fuhr. Du siehst mich schon, hatte er gesagt. Lyra wählte absichtlich nicht den kürzesten Weg zum Parkhaus. Der nämlich hätte am Büro ihrer Mutter vorbeigeführt. Sie eilte über die Hauptstraße und bog dann in eine kleine Seitenstraße ein. Wie vom Blitz getroffen, blieb sie stehen.

Da, kaum fünf Meter vor ihr, saß der Scherenschleifer auf dem Gehsteig und aß ein Eis. Als er sie sah, warf er ihr einen düsteren Blick zu. Lyra rannte los, bog in die nächste Straße ein, verlor kurz die Orientierung, bis sie endlich das Parkhaus erreichte. Warum hatte ihn denn die Polizei noch nicht festgenommen? Verunsichert warf sie einen Blick über die Schulter. Nein, der Scherenschleifer verfolgte sie nicht.

Wo war nur Leander? Nirgendwo konnte sie ein parkendes Auto in der kurzen, engen Straße sehen. Vielleicht hatte er es sich anders überlegt und wollte ohne sie fahren? Sie sah auf die Uhr. Schon fünf Minuten zu spät. Sie stellte sich in einen schattigen Hauseingang. Wenn der Scherenschleifer jetzt käme, würde sie alle Klingelknöpfe da auf dem Messingschild drücken . . . Wo blieb nur Leander? Und warum nahm er sie eigentlich gleich mit? Er hätte doch auch zuerst allein Viola besuchen können. Das zumindest hätte sie an seiner Stelle getan . . . Warum tat er das alles für sie? Ob sie ihm wirklich vertrauen konnte?

Lyra warf einen Blick auf die Uhr. Zehn Minuten zu spät. Sie hätte Leander nach dem Namen des Dorfes fragen sollen. Was sollte sie tun, wenn er sich einfach nicht mehr melden würde? Ja,

vielleicht hatte er es sich ja doch anders überlegt und war allein losgefahren?
Und war es nicht ein ziemlich großer Zufall, dass ihre Mutter ausgerechnet hierhergezogen war, in unmittelbare Nähe zu Viola? Vielleicht wusste ihre Mutter ja längst ...
Eine Hupe riss sie aus ihren Gedanken. Lyra sah auf. Leander winkte aus dem Seitenfenster eines weißen Seat.
»Steig ein!«, rief er ihr zu.
Lyra sprang in den Wagen und schnallte sich an. »Ich hab schon gedacht, du kommst nicht mehr«, sagte sie. Er warf ihr nur einen kurzen Seitenblick zu und konzentrierte sich auf den dichten Verkehr.
Er war angespannt oder bildete sie sich das nur ein?
Natürlich, dachte Lyra, er weiß ja auch nicht, wie Viola auf ihn reagieren wird. Aber irgendetwas mit ihm war anders, oder nicht?
»Was meinst du, ist Viola verheiratet? Oder hat sie Kinder?«, fragte sie.
Er sah sie überrascht an.
»Was?«
»Na ja, sie ist doch immerhin alt genug, oder?«
Jetzt erst begriff er und lächelte. »Stimmt. Darüber habe ich noch gar nicht nachgedacht.« Er zuckte die Schultern. »Na, wir werden es ja gleich erfahren!«
Endlich ließen sie den Verkehr der Innenstadt hinter sich. Die Straße wurde schmaler und führte nun vom Meer weg in Richtung Gebirge, das sich silbrig schimmernd in einen wolkenlosen hellblauen Himmel erhob.
»Was machst du eigentlich, wenn Viola verheiratet ist?«, fragte Lyra.
»Was meinst du damit?« Erstaunt sah er sie an.
»Na ja, wozu hast du sie dann so lange gesucht, wenn sie einen

anderen hat? Diesen Jan zum Beispiel. Ich meine, du willst ihr doch sicher nicht einfach nur Hallo sagen?«

Er sah kurz zu ihr und runzelte die Stirn. In dem Moment kam ihnen in einer engen Kurve ein Auto entgegen. Lyra zuckte zusammen und Leander riss gerade noch rechtzeitig das Steuer herum.

»Puhh, das war knapp!«, sagte Lyra.

Leander blickte nun starr nach vorn. Lyra wartete auf eine Antwort, aber Leander hatte offensichtlich vergessen, dass er ihr eine schuldig war. Sie sah ihn von der Seite an, doch er schien ganz in seine eigenen Gedanken versunken. Er hat den ganzen langen Weg aus Deutschland hierher gemacht, um Viola zu finden, dachte sie. Nein, es konnte nicht sein, dass er sich das alles nur ausgedacht hatte. Und wozu auch?

Die Straße wand sich weiter den Berghang hinauf. Rechts und links wuchsen Pinien und Laubbäume. Dieselbe Strecke war sie mit Patricks Mutter nach Ojén gefahren. Sie musste wieder an Pia denken. Wie hatte es der Scherenschleifer bloß geschafft, sie an diese abgelegene Stelle zu locken? Plötzlich bildete sich ein dicker Kloß in ihrem Hals. Pia musste freiwillig mit ihm gegangen sein, genau so, wie sie jetzt . . . Entspann dich, Lyra, dachte sie, du bist ja echt albern! Sie fuhr das Seitenfenster herunter, schloss die Augen und ließ sich den kühlen Fahrtwind ins Gesicht wehen.

Viola würde sicherlich ganz schön überrascht sein. Werden wir uns in die Arme fallen? Werden wir vor Glück weinen? Komisch, dachte Lyra, dass Viola so nah bei ihr lebte und sie noch nie etwas von ihrer großen Schwester gehört hatte. Und was wäre, wenn diese Viola Sanchez doch nicht ihre Schwester war? Hör endlich auf mit diesen blöden Gedanken!, schimpfte sie sich.

Sie machte die Augen wieder auf und sah hinaus auf die vorbeifliegenden Bäume. Wie lange war man wohl früher, bevor es

Autos gab, von hier zum Meer unterwegs? Sie stellte sich vor, dass die Menschen aus den Dörfern vielleicht nie am Meer waren, obwohl es doch einfach nur hinter dem Bergrücken lag.

»Gefällt es dir hier?«, fragte Leander auf einmal. Er lächelte sie an und legte die Hand auf ihren Oberschenkel. »Darf ich sie da liegen lassen?«

Sie nickte und merkte, wie sie errötete. Seine Hand fühlte sich ganz heiß auf ihrem Bein an. Überhaupt wurde ihr ziemlich warm. Nur ihre Füße wurden immer kälter. Dabei waren es im Auto und draußen über dreißig Grad. Er schaltete Musik an und lächelte hin und wieder zu ihr herüber. Irgendwie war es ihr unangenehm. Sie erwiderte dennoch sein Lächeln und versuchte, ihre Anspannung zu verbergen. Sie wären ja bald da und dann könnte sie vielleicht mit jemand anders zurückfahren oder . . .

Plötzlich erschrak sie. Diesen Parkplatz zwischen den beiden langen, schmalen Pinien hatte sie im Fernsehen gesehen.

Leander sah zu ihr herüber. »Was hast du denn?«

»Da haben sie Pia gefunden.« Sie zeigte aus dem Seitenfenster und merkte, dass ihre Stimme zitterte. Er drehte sich um. »Dort? Bist du sicher?«

»Ganz sicher.«

Er stieß einen Seufzer aus. »Die Geschichte hat dich ganz schön mitgenommen.«

»Ja, und ich bin mir sicher, dass der Scherenschleifer etwas mit Pias Tod zu tun hat.«

»Wer?«

»Dieser Typ, der mit seinem Mofa durch die Stadt zieht und Messer schleift.«

»Wieso er?«, fragte Leander verblüfft.

»Patrick und ich waren in seiner Wohnung.«

Leander trat auf die Bremse. »Ihr wart in seiner Wohnung? Seid ihr eingebrochen?«

»Nein, nein, ich meine . . . er haust in einer Bauruine.«
Leander gab wieder Gas. »Aha.«
»Aber du glaubst nicht, was wir dort gefunden haben: ein Foto von Pia und ihre Halskette«, sagte Lyra nicht ohne Stolz.
»Tatsächlich? Warum hast du mir das nicht schon längst gesagt?« Er war verärgert, das merkte sie an seiner Stimme und an seinen plötzlich schmalen Augen.
»Es tut mir leid, aber es war so viel los und . . .«, entschuldigte sie sich.
»Trotzdem, ich finde, du hättest es mir sagen müssen! Ich habe dir doch auch alles gesagt, was ich über Viola herausgefunden habe!« Vorwurfsvoll sah er sie an.
Das ist doch etwas anderes, dachte Lyra. »Ich dachte . . .«
»Und, ihr seid nicht zur Polizei gegangen?«, unterbrach er sie.
Lyra zuckte die Schultern. »Doch, aber wer weiß, wann die sich die Wohnung angucken, die haben total viele Hinweise gekriegt.«
Er nickte langsam und schwieg.
Lyra sah aus dem Seitenfenster. Er war immer noch verärgert, stellte sie fest. Nach einer Weile fragte sie: »Ist es noch weit?«
»Ungefähr noch eine halbe Stunde. Bist du hungrig?« Plötzlich lächelte er wieder.
»Ja, ein bisschen«, gab sie zu.
»Dann sollten wir schleunigst eine Pause einlegen. Ich habe etwas zum Essen mitgenommen.« Er klang wieder freundlicher.
»Wirklich?«, fragte sie überrascht. Das hatte sie gar nicht von ihm erwartet.
Er lächelte. »Ja, ich habe eben an alles gedacht.«
In diesem Augenblick wurde ihr klar, dass *sie* nicht an alles gedacht hatte. Sie hätte wenigstens Patrick Bescheid geben sollen. Und mit ihrer Mutter hatte sie doch vereinbart, ihr immer zu sagen, wenn sie unterwegs war. Lyras schlechtes Gewissen melde-

te sich. Sie durfte gar nicht an die Reaktion ihrer Mutter denken, wenn sie herausbekäme, dass Lyra mit einem Fremden in die Berge gefahren war . . . Aber sie konnte ja immer noch anrufen, schließlich hatte sie ihr Handy dabei. Wenn wir dort sind, ruf ich Mama an, dachte sie und fühlte sich schon wieder besser.

Vor ihnen, an einem zackigen Stumpf einer abgebrochenen Pinie, bog ein Feldweg nach rechts ab. Nach wenigen Metern machte Leander den Motor aus. Lyra blieb einen Moment ruhig sitzen und lauschte. Wie still es hier war. Nur die Grillen zirpten und ein paar Vogelstimmen waren zu hören.

»Ist es nicht schön hier?« Leander schloss die Augen und sog die Luft ein. »Was meinst du?«

Lyra nickte. »Ja, es ist wunderschön.« Sie machte die Tür auf. Vom Sitzen war sie schon ganz steif geworden. Sie reckte sich und sah sich um. Leander hatte recht, es war ein schöner Platz. Laubbäume spendeten Schatten und die Pinien verströmten einen würzigen Duft. Ein strahlend blauer Himmel erhob sich über ihr und von der Straße war hier nichts zu sehen.

Leander holte eine Tüte und eine Decke aus dem Kofferraum. »Zeit für ein Picknick!« Er legte die Decke auf den Boden und Lyra packte die Tüte aus. Baguette, Schinken und Eistee hatte er gekauft.

»Du hast wirklich an alles gedacht«, sagte sie.

Er grinste. »Mach's dir bequem!«, forderte er sie auf und streckte sich auf der Decke aus, nahm ein Stück Brot mit Schinken und kaute genüsslich.

Sie machte es ihm nach und lächelte ihm zu. Die Pause war ihr ganz willkommen. Natürlich wollte sie ihre Schwester sehen, aber gleichzeitig fürchtete sie sich ja auch vor der Begegnung.

»Bist du aufgeregt?«, fragte Lyra und zupfte etwas vom Baguette ab.

Er zögerte. »Du meinst wegen Viola?«

Lyra nickte.
»Ja, schon. Ich hab ein bisschen Angst, sie wiederzusehen.«
»Ich auch«, gab Lyra zu. »Vielleicht erkennt sie dich gar nicht mehr«
»Oh, ich glaube schon«, meinte er.
»Wird Jan nicht eifersüchtig sein?« Die Vorstellung von einem glücklichen Wiedersehen erschien ihr immer unwahrscheinlicher.
»Jan?« Auf seiner Stirn bildeten sich zwei Längsfalten. »Ich glaube nicht, dass er mit Viola hergekommen ist.«
»Nein? Wieso?«
Leander zuckte die Schultern und sah in den Himmel. »Weiß nicht, nur so ein Gefühl.«
Lyra fühlte sich jedenfalls ganz kribbelig.
»Sieh mal, nur eine einzige Wolke! Was für ein schöner Tag!«, sagte Leander.
Ja, was für ein schöner Tag, dachte Lyra.
»Es ist ziemlich heiß, was?«, sagte Leander auf einmal und zog seine Schuhe aus. »Schwitzt du nicht?«
Ihr war total heiß und ihr T-Shirt war unter den Achseln schon ganz nass. »Geht schon.« Sie trug zwar einen BH unter dem T-Shirt, aber das war etwas anderes als ein Bikinioberteil und sie wollte damit nicht vor ihm sitzen.
»Von mir aus kannst du dein T-Shirt ausziehen, den BH auch.« Er lachte sie an wie ein Bruder. »Ich hab eine Schwester, die ist im Sommer in unserem Garten immer oben ohne rum gelaufen, und meine Mutter auch.«
»Mir ist nicht heiß!«, log sie und blies sich eine Strähne aus dem klebrigen Gesicht.
»Stell dich doch nicht so an! Du bist ja richtig altmodisch!« Er lachte. »Nachher bist du ganz durchgeschwitzt, wenn wir bei deiner Schwester ankommen.«

Es war wirklich heiß, selbst hier im Schatten. Aber sie konnte sich doch nicht einfach vor ihm ausziehen! Unmöglich.
»Jetzt mach schon, ich guck dir schon nichts ab!« Er lachte wieder.
Lyra gab sich einen Ruck und zog ihr T-Shirt über den Kopf. Den BH aber ließ sie an.
»Siehst du, so ist es doch ein bisschen angenehmer.« Er legte sich auf den Rücken und sah hinauf in den Himmel. »Sieh mal, wenn man hinaufsieht, glaubt man, dass man ganz langsam da hinaufschwebt. Das hab ich schon als Kind immer gemacht.« Er klopfte neben sich auf die Decke. »Leg dich her, versuch's mal!«
Lyra zögerte einen Moment, aber dann schob sie die Tüte mit dem restlichen Baguette weg und legte sich neben ihn.
»Da, siehst du, die Wolke da? Du musst durch die Wimpern sehen«, erklärte er ihr. »Und?«
Lyra blinzelte. »Ich bin in der Wolke.«
»Genau! Spürst du, wie weich sie ist?«
Ja, sie hatte das Gefühl, die duftige, wattige Wolke streichle ihre Haut. Wie schön kühl die Wolke war.

SECHSUNDZWANZIG

Das Piepsen ihres Handys schreckte Lyra auf. Es lag neben ihr, schon wollte sie sich nach ihm umdrehen, als Leander ihre Hand nahm und ein wenig hochhob.

»Wir fliegen da hinauf, ja?«, sagte er leiser. Sie wollte ja sagen, aber irgendetwas war mit ihrer Stimme. Er legte ihre Hand wieder ab. Aber nicht auf ihren Oberschenkel, wo sie gelegen hatte, sondern auf seinen. Sie spürte etwas Festes unter ihrer Hand. Sie erschrak, wollte die Hand wegziehen, doch er war schneller und drückte ihre Hand fester auf seine Hose. Sie wollte sich aus seinem Griff befreien, aber seine Hand schloss sich wie ein Eisen um ihr Handgelenk.

»Du tust mir weh!«, protestierte sie und richtete sich auf. Doch er warf sie ohne Mühe zurück und lachte.

»Komm, sei kein Spielverderber! Ist doch so ein schöner Tag heute!« Sein Grinsen gefiel ihr nicht. Vorher hatte er sie nie so angesehen. Ihr wurde mulmig.

»Lass mich!« Sie versuchte, lässig zu klingen.

Er zögerte kurz, ließ sie dann aber los. Sie setzte sich auf.

»Ich will jetzt weiterfahren.« Sie wollte gerade aufstehen, als ihr Blick auf seinen Oberarm fiel. Der Ärmel seines Polos war hochgerutscht.

»Was ist?«, fragte er.

Sie war unfähig, etwas zu sagen, unfähig, sich zu bewegen. Sie hockte einfach nur da und starrte auf das Tattoo.

»Ach das?« Leander strich über die Tätowierung und lachte. »Wollte ich mir immer mal wegmachen lassen. Stört es dich?«

»Nein, nein«, sie schüttelte den Kopf. Sie konnte nicht mehr denken.
»Komm, trink noch was!« Er hielt ihr die Packung Eistee hin, aber sie reagierte nicht. Alles um sie herum begann sich zu drehen, als säße sie in einem Karussell. Immer schneller wirbelten die Bäume um sie herum und schienen auf sie zuzustürzen, die Stimmen der Vögel wurden zu ohrenbetäubendem Kreischen, während sich Leanders Gesicht verzerrte. Jetzt wurde es ihr klar. Einzelne Sätze und Wortfetzen aus Violas Tagebuch hallten in ihrem Kopf.

Als es angefangen hat zu regnen, sind wir ins Gartenhaus gegangen. Da war es gemütlich . . . dicke Decken, in die man sich einwickeln kann . . . Ganz nah haben wir nebeneinander gesessen . . . hat er angefangen, meinen Arm zu streicheln . . . Auf dem rechten Oberarm hat er ein Tattoo. Es ist kein richtiges Bild, eher ein Zeichen . . .

Das Tatoo sah genau so aus wie die Zeichnung in Violas Tagebuch.
»Ich will jetzt gehen«, brachte sie heraus. Wo war ihr Handy? Da, in der Tasche.
»He, wir haben uns doch gerade erst hingesetzt.« Sein Grinsen wurde immer schauriger.
Lyra brach der kalte Schweiß aus. Wie sollte sie jetzt bloß von hier wegkommen? »Ich bin gleich wieder da«, sagte sie mit gespielt gelassener Stimme und wollte aufstehen, um nach ihrer Tasche zu greifen, doch Leander war schneller. Blitzschnell umfasste er ihr Handgelenk und zog sie wieder zu sich herunter.
»Warum auf einmal so hektisch?«
Sie stammelte irgendetwas, doch plötzlich sah sie ein, dass er ihr nicht glaubte.
»Du bist . . .«, sie musste schlucken. »Du bist nicht Leander«, flüsterte sie.

Sein Grinsen wurde breiter.
»So, so, und wer bin ich dann?«
»Du bist . . . Jan«, sie konnte kaum noch sprechen.
Er brach in lautes Lachen aus. »Du hast lange gebraucht, Süße!«
»Du bist mit Viola in den Wald gegangen!« Weiter konnte sie nicht denken. Ihr Gehirn war blockiert. Sie war völlig gelähmt.
Da warf Leander sie auch schon zurück auf den Boden, kniete sich über sie und presste ihre Handgelenke auf die Erde. Sein Gesicht war eine hässliche Fratze geworden und Lyra begriff in diesem Moment, dass sie ihm völlig hilflos ausgeliefert war. Niemand war hier, der ihr helfen konnte. Niemand wusste, wo sie war. Sie hatte niemandem Bescheid gegeben und die Tasche mit ihrem Handy lag nur eine Armlänge von ihr entfernt . . . Was für ein Hohn! Sie musste Zeit schinden, ihn ablenken, ihn in ein Gespräch verwickeln – aber was zum Teufel sollte sie nur sagen?
»Wo ist Viola?«, brachte sie heraus.
Er lachte höhnisch. »Viola, Viola! Gute Geschichte, was? Du kleines, dummes Luder!«
Wie hatte sie sich nur so täuschen lassen können?
»Alles Lügen also«, sagte sie und wunderte sich über ihre Ruhe.
Er lachte aus vollem Hals. »Es hat verdammten Spaß gemacht mit dir! Du hast alle meine Geschichten so gierig aufgesogen! Du bist genauso wie deine Schwester!«
Der Schiffskoch, die Reisen, alle Geschichten, die er ihr aufgetischt hatte . . . Wie hatte sie nur auf ihn reinfallen können! Warum nur war ich so blind?, schrie es in ihrem Kopf. Und dann kam ihr wieder eine Passage aus Violas Tagebuch in den Sinn:

Du willst doch Umweltschützerin werden . . . Ich habe einen Chemiekasten . . . Wir sammeln Käfer und Insekten . . . nehmen ein Zelt mit und einen Kompass und Proviant. Natürlich müssen wir übernachten . . .

Sie musste Klarheit schaffen, egal wie schrecklich die Wahrheit sein würde.
»Was hast du mit ihr gemacht, damals im Zelt, im Wald?«, fragte sie und ihre Stimme zitterte nun doch.
Seine Augen wurden zu schmalen Schlitzen.
»Ich war wütend! Glaubst du mir das? Sie wollte nicht mit mir schlafen! Dabei hat sie mich stundenlang im Gartenhaus geküsst! Ich war so wütend, dass ich allen Kaninchen die Kehlen durchgeschnitten habe!« Er lachte teuflisch. »Die Kaninchen hat Viola nämlich besonders gemocht!«
Sie haben so wunderbar weiches weißes Fell. Und ihre kleinen Schnäuzchen zittern immer so!, hatte Viola geschrieben.
»Du bist krank!« Wütend schleuderte Lyra ihm ihre Worte ins Gesicht. Sie hatte nichts mehr zu verlieren. Viola war tot. »Du hast Viola umgebracht.«
Wieder sein hässliches Grinsen. »Sie ist mit mir zum Zelten. Es war doch klar, dass wir miteinander schlafen würden! Ganz klar! Und dann hat sie angefangen zu schreien! Sie hat angefangen zu schreien, als ob ich ein Monster wäre!« Die Adern an seinen Schläfen traten dick hervor. Sein Körper wurde immer schwerer. Und immer fester drückte er ihre Handgelenke auf die Erde.
»Das bist du auch!«, schleuderte sie ihm entgegen und bereute es sogleich, denn er hob die Hand, holte aus und schlug ihr ins Gesicht. Ihr Kopf flog zur Seite. Sie spürte einen brennenden Schmerz auf ihrer Wange und schmeckte Blut im Mund. Sie musste sich auf die Lippen gebissen haben.
»So was sagst du nicht noch mal, du kleines Miststück!«, fuhr er sie an. Er machte sich mit einer Hand an seinem Gürtel zu schaffen. »Zuerst willst du und dann willst du wieder nicht!«
Oh Gott, schoss es Lyra durch den Kopf, nein . . .
Denk nach, Lyra, denk nach, schrie es in ihr. Er hielt jetzt ihre

beiden Handgelenke nur noch mit einer Hand fest. Sie musste versuchen, ihn zu provozieren. Leander musste sie noch einmal schlagen, dann müsste er sie für Sekunden loslassen. In dem Moment könnte sie sich ihm entwinden.

Lyra holte Luft und schrie, so laut sie konnte: »Du Mörder! Du Monster! Mörder!«

Der Schlag traf sie auf die Nasenwurzel, für den Bruchteil einer Sekunde wurde ihr schwarz vor Augen. Der Schmerz drohte ihren Kopf zum Platzen zu bringen. Aber im selben Moment riss sie ihre freien Arme hoch, und während er zum zweiten Schlag ausholte, krachten ihre Fäuste unter sein Kinn. Für Sekundenbruchteile verlor er das Gleichgewicht und Lyra stieß mit Knie und Arm zu, sodass er zur Seite kippte und sie davonstürzen konnte.

Leander rappelte sich wieder auf und machte einen langen Hechtsprung, bekam fast ihre Knöchel zu fassen, doch sie war um eine Tausendstelsekunde schneller, sodass er der Länge nach auf den Boden aufschlug, während sie davonrannte.

Nur nicht stehen bleiben!, feuerte sie sich an, stolperte über Steine und Wurzeln, riss sich an Ästen und Baumstämmen blutig, rannte immer weiter in den Wald hinein. Den Weg hatte sie schon längst verlassen. Aus den Augenwinkeln sah sie ihn hinter sich herkommen. Nur ein kurzes Atemholen und er hätte sie wieder eingeholt. Durch ihre Nase fuhr ein höllischer Schmerz und Lyra stöhnte laut auf. Weiter, keuchte sie, weiter, ich darf nicht stehen bleiben! Sie rannte weiter und blieb abrupt stehen: Vor ihr erhob sich eine steile Felswand. Oh Gott, was sollte sie tun? Gleich wäre ihre Flucht zu Ende!

Lyrali, meine Lyrali.

Viola, das war Violas Stimme! Es war ihr egal, ob sie sie sich nur einbildete. Ihre Schwester war bei ihr.

Halt durch! Lauf weiter, klettere den Felsen hinauf!

Den Felsen? Wie soll ich da hinaufkommen?

Versuch's, zieh dich hoch, los, Lyrali!

Sie kletterte auf den ersten Vorsprung und zog sich zum nächsten hinauf. Hier fand sie eine schmale, schräg nach oben laufende Rinne, von dort konnte sie einen großen Schritt nach oben machen. Sie sah hinunter. Leander war nur noch wenige Meter vom Felsen entfernt! Sie musste weiter! Wo war ein neuer Vorsprung? Sie tastete nach oben, bekam einen stabilen Halt zu fassen, setzte den rechten Fuß auf einen Tritt und zog sich weit nach oben. Oh Gott, Leander kam ihr schon nachgeklettert!

Weiter Lyrali, weiter!, hörte sie die Stimme ihrer Schwester. Sie schaffte wieder ein ganzes Stück. Da hörte sie Leander unten fluchen. Sie wagte einen Blick hinunterzuwerfen. Leander stand auf einem schmalen Vorsprung und presste sich an die Felswand.

Was war mit ihm? Warum blieb er dort stehen? Da durchfuhr es Lyra wie ein Blitz. Das entlaufene Kaninchen auf dem Dach des Gartenhauses ... Jan litt unter Höhenangst! Das war der Grund, weshalb er nicht weiter konnte.

Für einen Moment hätte sie beinahe gelacht. Doch dann sah sie zum Felsen hinauf und fragte sich, wie weit sie wohl käme. Und was sie tun würde, wenn sie ganz oben angekommen wäre.

Sie hatte kein Handy, um Hilfe zu rufen.

Sie hatte nichts zu essen und nichts zu trinken.

Sie hatte noch nicht einmal ein T-Shirt an.

SIEBENUNDZWANZIG

Wie lange sie wohl hier auf dem Vorsprung warten könnte? Über ihr flog ein Vogel auf. Wenn sie doch nur Flügel hätte! Von unten hörte sie ein Geräusch. Leander kletterte weiter hinauf! Er hatte wohl all seinen Mut zusammengenommen! Sie musste höher steigen. Glücklicherweise war die Felswand zerklüftet, sodass sie immer wieder einen Halt finden konnte. Ihr Kopf schmerzte von den Schlägen. Erst jetzt merkte sie, dass etwas Heißes aus ihrer Nase rann und auf ihren Fuß tropfte. Blut! Ihre Knie wurden weich und sie begann zu zittern. Reiß dich zusammen, Lyra! Da mischte sich eine andere Stimme in ihre Gedanken. *Gib nicht auf, Lyrali! Klettere weiter. Los! Bleib nicht stehen!*

Lyra tastete über sich und fand schließlich wieder einen Spalt. Ihre Finger waren aufgeschürft und brannten und ihre Arme hatten kaum noch Kraft. Doch wieder schaffte sie es einen halben, dann einen, dann zwei, drei Meter weiter. Vielleicht gab es irgendwo einen Weg, hoffte sie und wusste zugleich, dass das sehr unwahrscheinlich war.

Niemand wusste, wo sie sich befand. Warum hatte sie niemandem Bescheid gesagt? Ob Patrick zu ihrer Mutter gehen würde? Ich werde auch sterben, wie Viola, dachte sie. In dem Moment löste sich ein Stein unter ihrem Fuß, sie rutschte ab, ihr Fuß schwebte über dem Abgrund, fünfzehn, zwanzig Meter hoch, der Stein schlug an die Wand, sprang wieder ab und hätte beinahe Leanders Kopf getroffen, doch der presste sich noch rechtzeitig an die Wand, sodass der Stein schließlich auf dem

Boden aufkam. Lyra hing noch immer mit dem einen Fuß in der Luft, suchte verzweifelt nach Halt und fand ihn endlich.
Plötzlich hatte sie eine Idee. Vielleicht hatte Leander diesmal weniger Glück . . .
Sie krallte sich mit einer Hand an einem Vorsprung fest, während ihre andere Hand nach lockeren Steinbrocken suchte. Da war einer! Ein schwerer, großer! Lyra versuchte für einen Moment, ihren schmerzenden Körper zu vergessen, nahm alle Kraft zusammen und schaffte es, den Stein wegzurollen. Bitte, flehte sie, bitte, verfehl ihn nicht! Der kantige Stein prallte auf einen Vorsprung. »Nein, nicht liegen bleiben«, murmelte Lyra. Doch er hörte ihr Flehen nicht. *Such weiter, Lyrali, such weiter!*
»He, Lyra, komm doch runter!«, rief Leander zu ihr hinauf. »Das war alles nur ein blöder Witz! Es tut mir leid! Manchmal erzähle ich einfach dummes Zeug!« Er lachte wieder sein schauriges Lachen.

Lyra antwortete nicht. Die Schürfwunden auf ihrer Hand brannten und der pochende Schmerz in ihrer Nase ließ nicht nach. Leander schaffte es wieder, sich ein Stück höher zu ziehen. Weiter, ich muss weiter! Lyra ertastete einen großen, spitz aufragenden Stein, doch als sie sich daran festhalten wollte, brach er auseinander. Es gelang ihr gerade noch, mit dem Körper nach links auszuweichen und neuen Halt zu finden, als auch schon der keilförmige Brocken wie ein Geschoss nach unten sauste, geradewegs auf Leander zu, der keine Zeit mehr hatte, in Deckung zu gehen. Lyra wollte schreien, aber kein Wort kam aus ihrer Kehle. Der Steinbrocken traf Leander am Kopf, er stieß einen kehligen Laut aus und stürzte hinunter. Reglos blieb er im Gebüsch auf der Erde liegen.
Ob er tot war? Zitternd, mit weichen Knien, kletterte Lyra hinunter. Sie musste zu ihrem Handy, das auf der Picknickdecke

lag. Dann könnte sie die Polizei anrufen. Und einen Krankenwagen.

Ungefähr in zwei Metern Höhe blieb sie stehen. Leander bewegte sich noch immer nicht. Er lag auf dem Bauch, sein Kopf war zur Seite gedreht, die Augen waren geschlossen. Vielleicht war er ja nur ohnmächtig? Vorsichtig stieg Lyra weiter hinunter. Und wenn er sich nur bewusstlos stellte? Aber sie hatte keine andere Wahl. Sie musste an ihm vorbei. Das Auto befand sich hinter den Büschen, sie konnte das Dach sogar schon sehen.

Gleich war sie unten. Jetzt, jetzt! Sie sprintete los, stolperte über Wurzeln und Steine, riss von der Picknickdecke ihr T-Shirt und das Telefon und warf hastig einen Blick über die Schulter. Nein, Leander war nicht hinter ihr. Aber noch fühlte sie sich nicht sicher. Keuchend rannte sie weiter zur Straße. Erst dort blieb sie stehen, zog ihr T-Shirt über den Kopf und wählte die Notrufnummer. Das Handy brauchte ewig, bis es gewählt hatte. Komm schon!, drängte sie und starrte auf das Display. Wie lange blieb man bewusstlos?

Ich muss weiterlaufen, schoss es ihr durch den Kopf. Wenn Leander aufwacht, ist er in wenigen Sekunden bei mir. Sie stolperte also weiter, bis sich endlich die Polizei meldete.

»Bitte, jemand will mich umbringen! Kommen Sie sofort! Er hat auch meine Schwester umgebracht!« Lyras Stimme überschlug sich fast.

»Wie heißen Sie?«, fragte eine weibliche Stimme ganz sachlich, als habe Lyra eben eine Pizza bestellt.

»Sie müssen sofort kommen! Wir sind auf der Straße von Marbella nach . . . nach . . . in einem Feldweg! Nicht weit von der Stelle, wo Pia Hellmann gefunden wurde! Beeilen Sie sich!«

»Ja, aber zuerst brauchen wir ihren Namen.« Wieder diese Pizzaservice-Stimme, die fragte mit Salami oder nur mit Oliven?

Dabei ging es um Leben und Tod. Jeden Moment konnte Leander zwischen den Büschen hervorstürzen!
»Lyra Grammer!«, schrie sie ins Telefon.
»Wir sind gleich da!«
Sie legte auf. Wie lange die Polizei wohl brauchen würde? Wie lange waren sie beide mit dem Auto unterwegs gewesen . . .?
Das Auto! Der Gedanke durchfuhr sie wie ein Blitz. Wenn Leander aufwachte, konnte er ja mit dem Auto losfahren! Wo war der Autoschlüssel? Hatte er ihn nicht stecken lassen?
Lyra lief zum Auto zurück. Ein paar Meter vor dem Wagen verlangsamte sie ihr Tempo. Ihr Herz klopfte bis zum Hals und in ihren Ohren hörte sie das Blut rauschen. Trotzdem ging sie Schritt für Schritt weiter. Als sie am Auto angekommen war, ging sie in die Hocke und atmete ein paar Mal tief durch. Dann sah sich nach allen Seiten um. Von Leander keine Spur. Vielleicht war er doch schwerer verletzt?
Vorsichtig öffnete sie die Autotür, um möglichst kein Geräusch zu machen. Der Schlüssel steckte im Schloss! Sie zog ihn heraus und lief, so schnell sie konnte, zurück zur Straße. Ein fieses Seitenstechen machte sich bemerkbar, doch Lyra rannte weiter, immer weiter den Berg hinunter. Ein blauer Lieferwagen hupte und blieb dann stehen. Da wurde Lyra bewusst, dass ihr T-Shirt inzwischen blutverschmiert war, aber sie kümmerte sich nicht darum. Weiter, Lyra, weiter!
Endlich! Das blaue Blinklicht tauchte hinter der Kurve auf! Mit hochgerissenen Armen lief Lyra mitten auf die Straße. Der Wagen bremste abrupt vor ihr ab. Lyra stürzte ans heruntergelassene Fenster und sah in das freundliche Gesicht einer Polizistin.
»Da vorn! Er ist da vorn!«
»Steig ein!«, forderte die Polizistin sie auf. Lyra riss die hintere Tür auf. Die Polizistin am Steuer hatte einen blonden Pferdeschwanz.

»Ich heiße Carmen und das ist Diego. Du bist Lyra, ja?«
»Ja! Wir müssen uns beeilen! Ich glaube, er war ohnmächtig, aber bestimmt wacht er gleich auf! Er hat meine Schwester umgebracht!«
Lyra bemerkte, dass sich die beiden Polizisten fragende Blicke zuwarfen.
»Sie müssen mir glauben! Wir müssen uns beeilen!« Sie war verzweifelt. Wenn sie ihr nicht glaubten, würde Leander entkommen.
»Wir kriegen ihn«, sagte Carmen und fuhr los. »Du musst keine Angst mehr haben.«
Diego, der junge Polizist auf dem Beifahrersitz nickte und lächelte.
»Ich hab seinen Autoschlüssel!«, fiel Lyra auf einmal ein. Sie hatte ihn so fest in der Hand gehalten, dass er weiße Abdrücke in ihrer Handfläche hinterlassen hatte.
Diego drehte sich zu ihr um. »Weißt du noch, wo das Auto steht?«
Lyra nickte. Ihr Körper hatte zu zittern begonnen, und obwohl sie in Schweiß gebadet war, begann sie zu frieren.
Carmen fuhr nicht sehr schnell, sodass Lyra die Gegend absuchen konnte. Wo war die Stelle, an der Leander abgebogen war? Angestrengt sah Lyra aus dem Fenster. Da war die abgebrochene Pinie . . . »Hier! Hier ist der Feldweg!«
Die Polizistin parkte den Wagen so, dass er den Weg blockierte. Selbst wenn Leander einen Ersatzschlüssel hätte, könnte er nicht einfach auf die Straße einbiegen.
»Du bleibst im Auto«, entschied Carmen.
Lyra nickte. Nein, sie wollte wirklich nicht mehr da hinaus. Carmen und Diego zogen ihre Waffen und nickten sich zu. Lyra schluckte. Das hatte sie schon oft im Fernsehen gesehen, aber in Wirklichkeit war es doch ganz anders. Carmen entsicherte

die Pistole und Lyra überlief eine Gänsehaut. Das hier war die nackte Wirklichkeit – und kein Krimi, in dem die Guten immer überlebten.

ACHTUNDZWANZIG

Du musst keine Angst haben. Die Türen sind verriegelt«, sagte Carmen beim Aussteigen und zwinkerte ihr aufmunternd zu. Lyra sah den beiden Uniformierten nach, bis sie hinter Leanders Wagen im Wald verschwunden waren. Sie hatte schreckliche Angst. Und wenn Leander jetzt auftauchte, an die Scheiben klopfte und am Türgriff rüttelte? Ihr Schreien würden die Polizisten nicht hören. Warum war nicht einer bei ihr geblieben? Auf die Rückbank gekauert, beobachtete sie das Gelände. Ihr würde nichts entgehen.

Komisch, erst jetzt wurde ihr klar, dass sie Viola nicht treffen würde. Viola war seit zehn Jahren tot. All die Geschichten, die Leander erzählt hatte, waren Lügen.

Ihr fiel wieder ein, dass ihr Handy vorhin auf der Decke gepiepst und eine SMS gemeldet hatte. Auf dem Display leuchtete der Briefumschlag. Patrick hatte ihr ein Foto geschickt. Ein junger Mann mit kurzem Haar und blauen Augen und einem weichen Gesicht. Leander. Er war auf dem Foto wohl etwas jünger, aber sie erkannte ihn eindeutig wieder.

Patrick schrieb: *Jan Vogel, nach dem Mord an deiner Schwester untergetaucht.*

Wie hatte sie nur auf ihn hereinfallen können? Sie sah wieder aus dem Fenster. War da nicht eine Bewegung hinter der Pinie dort? Oh Gott, lass es nicht Leander sein!

Sie duckte sich so weit, dass sie gerade noch durchs Fenster spähen konnte.

Die Polizisten kamen zurück. Carmen ging voran. Sie hatte die

Waffe wieder in den Gürtel gesteckt. Diego folgte ihr. Aber wo war Leander? War er tot?

»Wir haben ihn nicht gefunden«, sagte Carmen.

»Aber er ist da! Sie müssen mir glauben!«, rief Lyra.

»Wir glauben dir«, beruhigte sie Carmen. »Sein Auto steht da und die Picknickdecke liegt auch noch dort. Diego, fordere Verstärkung an! Wir müssen die Gegend absuchen.«

Lyra atmete auf, während Diego sich über Funk mit der Zentrale in Verbindung setzte.

»Wir durchkämmen noch mal die nähere Umgebung, bis die Kollegen da sind – nicht, dass sich Leander noch unbemerkt aus dem Staub macht!«, sagte Carmen. »Wir bleiben aber in Rufweite. Und du, Lyra, verlässt nicht das Auto, versprochen?«, fügte sie mit ernster Stimme hinzu.

Lyra nickte und die beiden Polizisten machten sich noch einmal auf den Weg.

Ein paar Sekunden verstrichen und Lyra fühlte eine eisige Kälte in sich aufsteigen. Konnte es wirklich wahr sein, dass Leander geflohen war? Es durfte einfach nicht sein. Lyra musste ihn finden. Sie würde sonst nie zur Ruhe kommen. Sie konnte den Mörder ihrer Schwester nicht einfach entkommen lassen. »Das bin ich dir schuldig, Viola!«, flüsterte sie.

Lyra sah Carmen und Diego gerade in Richtung Straße gehen. Wenn sie sich beeilen würde, könnte sie unbemerkt aus dem Polizeiauto entwischen . . . Aber war das nicht vollkommen verrückt? Leander war ein Mörder! Denk daran, was er deiner Schwester angetan hat, flüsterte eine Stimme in ihrem Kopf.

Lyra warf noch einen Blick zurück. Carmen und Diego waren ja nicht weit weg. Nur ein paar Schritte und sie wären bei Lyra, falls sie schreien würde. Ein letztes tiefes Durchatmen, dann öffnete sie die Autotür, lief geduckt zur Picknickdecke und von da weiter in Richtung Felswand. Sie stolperte fast über eine dicke Wurzel, dorniges Gestrüpp zerkratzte ihre nackten Beine, aber dann stand Lyra endlich vor dem Felsen. Direkt vor ihren Füßen lag der spitze Felsbrocken, der Leander getroffen hatte. Sie bückte sich, hob ihn auf und ließ ihn sofort wieder fallen. An seiner Spitze klebte Blut!

Über ihr gellte ein Vogelschrei. Erschrocken sah Lyra auf. Der Vogel flatterte aufgeregt aus einer Nische im Felsen. Da sah sie genauer hin. War dort nicht eine Höhle?

Ich sollte zurückgehen und Bescheid sagen, dass ich eine Höhle entdeckt habe, dachte sie. Aber das würde doch viel zu lange dauern! Sie müsste selbst hinaufsteigen. So hoch lag die Höhle doch gar nicht. Lyra gab sich einen Ruck und begann hinaufzuklettern. Bald schon brannten ihre Finger, doch sie kam der Höhle kaum näher. Mist! Sie lag doch viel höher, als sie gedacht hatte! Aber umkehren wollte sie jetzt auch nicht mehr. Sie musste einfach dort hinauf. Wenn sie Antworten auf ihre Fragen bekommen wollte, musste sie Leander finden.

Immer höher zog sie sich hinauf und behielt dabei den Felsspalt im Blick. Leander ließ sich nicht blicken. Ob er sich wirklich dort versteckte? Ob er trotz seiner Höhenangst da hinaufgekommen war?

Nur noch ein Schritt nach rechts. Lyra holte tief Luft. Jetzt! Sie machte einen kleinen Sprung und landete in der Höhle. Ihre Augen brauchten einen Moment, um sich an die Dunkelheit zu gewöhnen.

War das dort Leander? Dieses an der Wand kauernde, schlotternde Bündel?

»Ich wusste, dass du kommen würdest.« Seine Stimme klang hohl und hallte. Sein Lachen klang schauerlich. Er entblößte die Zähne, ein schwarzes Loch sah ihr entgegen. Bei seinem Sturz musste ihm der Schneidezahn abgebrochen sein. Jan sah erbärmlich aus. Lyras Angst war auf einmal verschwunden. Sie baute sich am Höhleneingang auf.

»Ich will wissen, was du mit Viola gemacht hast. Damals im Wald, im Zelt«, sagte sie mit lauter, fester Stimme.

Er lachte wieder, versuchte aufzustehen, sackte aber wieder zusammen. Er muss sich ganz schön verletzt haben, dachte Lyra. »Willst du das wirklich wissen? Warum bist du dann vorhin weggerannt? Da hätte ich es dir gezeigt.« Er sah schrecklich aus. Sein Gesicht war blutverschmiert, seine Lippe aufgeplatzt und aus einer dunklen Wunde an seiner Stirn rann ein dünner Blutfaden.

Sie schluckte. Die Angst kroch wieder in ihrem Körper hoch. Nein, ich habe keine Angst, redete sie sich ein. Carmen und Diego werden jeden Moment da sein!

»Du hast Viola im Wald vergewaltigt und getötet!«, schleuderte sie ihm an den Kopf.

»Sie hat sich über mich lustig gemacht! Und dann hat sie geschrien! Da musste ich sie töten. Zur Strafe. Sie darf nicht über mich lachen. Niemand darf über mich lachen!« Er stützte den Kopf in die Hände. »Und du auch nicht!«

Lyra schluckte. Sie musste diese Frage stellen, obwohl sie Angst vor der Antwort hatte: »Und was hast du dann gemacht?«

»Dann hab ich sie ins Gebüsch gelegt. Man hätte sie eigentlich niemals finden können! Niemals! Aber dann war da dieser blöde Spaziergänger mit seinem Hund . . .« Er hob den Kopf und sah Lyra mit wutverzerrtem Blick an.

Lyra erschrak. Er sah ja vollkommen irr aus, nichts war von seiner Coolness übrig.

Dann verzogen sich seine Mundwinkel zu einem fiesen Lächeln. »Deine Eltern haben dich angelogen. Sie haben dir von einem Autounfall erzählt.«

»Warum hast du das getan?«, fragte sie leise. Die Wahrheit tat

so weh. Sein Lachen hallte schaurig in der Höhle. Er stützte sich am Felsen ab und schaffte es aufzustehen.
»Viola!«, rief er mit plötzlich geweiteten Augen.
»Ich bin nicht Viola!«, sagte Lyra heiser und wich ein paar Schritte zurück. Schnell, lauf weg, du musst weglaufen, schrie es in ihrem Kopf.
Langsam, mit ausgebreiteten Armen, kam Leander auf sie zu. Das Blut von der Kopfwunde tropfte auf seinen nackten Oberkörper. Mit heiserer, flüsternder Stimme begann er zu sprechen: *»Doch alles, was uns anrührt, dich und mich, nimmt uns zusammen wie ein Bogenstrich, der aus zwei Saiten eine Stimme zieht. Auf welches Instrument sind wir gespannt? Und welcher Geiger hat uns in der Hand? Oh süßes Lied.«*
Lyra zuckte bei den Worten zusammen. Ein eiskalter Schauer rieselte ihr den Rücken hinab. Sie kannte das Gedicht – es war das Liebesgedicht aus der Bauruine!
»Endlich bist du da, Viola! Ich hab alles vorbereitet, das Zelt, den Proviant. Komm, küss mich, mein Engel!«
Lyra sah sich um, sie stand unmittelbar am Höhleneingang. Hinter ihr fiel die Felswand steil ab. Kein Ausweg! Doch waren das nicht gerade Autotüren, die zuschlugen? War die Verstärkung endlich eingetroffen? Sie musste ihn hinhalten ...
Leander taumelte auf einmal, blieb stehen und fasste sich an den Kopf. Vielleicht hatte er eine Gehirnerschütterung? Oder etwas Schlimmeres?
»Wie hast du meine Mutter und mich gefunden?«, fragte sie, um Zeit zu schinden. »Carmen, Diego, nun kommt schon«, murmelte sie leise.
Er reagierte nicht, betrachtete nur seine blutverschmierte Hand.
Wann kommen sie endlich?, dachte sie verzweifelt. Wie sollte

sie sonst hier herauskommen? Sie wollte gerade einen Blick über die Schulter riskieren, als Leander sie wieder ansah.
»Die Kaninchen musste ich alle schlachten, wegen dir, Viola! Weil du böse warst!«, keuchte er.
Er ist ja vollkommen wahnsinnig! Was sollte sie nur tun? Ich will nicht sterben! Ich will hier raus!
Schnell, denk nach, du bist ihm heute schon einmal entkommen. Sie musste ihn zu sich locken, dann würde sie ihn mit einem Tritt auf den Boden werfen, den Felsen hinunterklettern und Hilfe holen. Ja, das könnte klappen. Er war schwer angeschlagen, jetzt taumelte er schon wieder und suchte Halt an der Felswand.
»Mein Gott, was ist denn mit dir? Bist du verletzt? Komm her, komm zu deiner Viola!«, sagte sie mit einschmeichelnder Stimme und strahlte ihn an, so weit sie das zuwege brachte. »Jan, alles wird gut! Komm, wir steigen hinunter zu unserem Zelt!«
Sie streckte die Hand aus. Wenn sie nur nicht so zittern würde!
Tatsächlich breitete sich ein Lächeln auf seinem Gesicht aus und er streckte ihr seine Hand entgegen. Ihr grauste vor der Berührung. Nur noch wenige Zentimeter trennten ihre Hand von seiner, als plötzlich von unten eine Stimme heraufrief: »Hier ist die Polizei! Kommen Sie mit erhobenen Händen heraus! Lassen Sie das Mädchen los!«
Oh nein, nicht gerade jetzt!, dachte Lyra und im selben Moment kehrte in Leanders Augen das irre Flackern zurück, sein Gesicht verzerrte sich und er zischte: »Du wolltest mich reinlegen, du Miststück! Du bist nicht Viola!«
Und dann ging alles ganz schnell. Leander warf sich ihr entgegen, doch Lyra wich zur Seite aus und er stürzte die Kante zum Abhang herunter. Lyra drehte sich um und sah ihn ein paar Meter tiefer auf der steinigen Erde liegen. Carmen und vier weitere Polizisten liefen zu der Stelle, an der sein Körper lag.

»Bleib oben! Wir holen dich da runter!«, rief Carmen von unten.
Lyra nickte nur. Sie hörte ihre eigenen Zähne klappern.
Ein paar Minuten später war Diego bei ihr, um sie zu holen. Lyra war ihm dankbar dafür, sie hätte den Abstieg nicht allein geschafft. Sie zitterte am ganzen Körper.
»Ich kann nichts dafür«, stammelte sie, »er kam plötzlich auf mich zugestürzt und . . .«
»Schon gut«, tröstete sie Diego und hielt sie fest.
Als sie unten ankam, legten zwei Sanitäter Leander auf eine Trage.
Carmen legte Lyra den Arm auf die Schulter. »Ganz ruhig, Lyra. Alles wird gut.«
Lyra nickte benommen. Sie begriff noch gar nicht, dass jetzt alles vorbei war.
»Lyra!«
War das nicht die Stimme ihrer Mutter? Lyra drehte sich um.
»Wir haben sie sofort angerufen«, erklärte Carmen lächelnd.
Ihre Mutter kam auf sie zugerannt. Daniel folgte ihr.
»Mein Kind!«, rief ihre Mutter nur und nahm sie fest in die Arme.
Daniel blieb ein paar Schritte entfernt stehen.
»Er wollte mit mir zu Viola fahren. Dabei hat er sie damals ermordet«, sagte Lyra tonlos.
Da begann ihre Mutter zu schluchzen. »Mein Gott, Lyra, nun hat dieser Albtraum endlich ein Ende!«
»Kommt, wir fahren nach Hause«, sagte Daniel schließlich und nahm sie beide in die Arme.

Erst als sie zu Hause waren, wachte Lyra aus ihrem Schockzustand auf und die Wut auf ihre Mutter kehrte zurück.
»Warum hast du mir nie die Wahrheit gesagt?«, fragte Lyra.«Warum habt ihr diesen Autounfall erfunden?«
Verzweifelt schüttelte ihre Mutter den Kopf. »Ach Lyra, wir ha-

ben lange überlegt, es dir zu sagen, aber es ging einfach nicht! Du warst damals noch viel zu klein und später ... Ach, man findet einfach nie den richtigen Zeitpunkt. Und es fällt so schwer auszusprechen, dass ... dass das eigene Kind ermordet wurde.« Ihre Stimme brach. »Weißt du, ich wollte irgendwann einfach nur noch vergessen, nie wieder daran erinnert werden ... aber ...« Lyras Mutter lächelte tapfer, »das hat leider nicht funktioniert.«

Vielleicht hätte sie es an der Stelle ihrer Mutter ja genauso gemacht, überlegte Lyra. Ihre Mutter wollte sie schon wieder umarmen, doch Lyra sah sie mit so ernstem Blick an, dass ihre Mutter mitten in der Bewegung innehielt. Lyra musterte sie. Eine Antwort war noch offen. Nun wollte sie alles wissen.

»Warum ist Papa damals weggegangen? Ich will, dass du mir die Wahrheit sagst.«

Ihre Mutter seufzte. »Wir haben uns gegenseitig immer wieder an das erinnert, was passiert ist. Jedes Mal, wenn er mich und dich sah, dachte er an Viola und das, was ihr zugestoßen ist.« Ihre Mutter schüttelte den Kopf. »Wir konnten so nicht mehr leben. Deshalb haben wir uns getrennt, deshalb bin ich mit dir weg von zu Hause. Es tut mir so leid, Lyra.«

Lyra schämte sich jetzt. Sie hatte Leander, dem Mörder ihrer Schwester, mehr geglaubt als ihrer Mutter.

»Es tut mir leid, Mama.« Sie kämpfte gegen den Kloß im Hals an. Ihre Mutter hielt ihre Hände.

»Ach Lyra, du hast dir eben so sehr gewünscht, dass er recht hat – und dass Viola noch am Leben ist!«

Lyra nickte. »Ja, ich hätte sie so gern getroffen«, brachte sie leise hervor. Sie musste gegen die Tränen ankämpfen, aber es misslang.

»Versprichst du mir etwas, Mama?«

»Alles, was du willst.«

»Ich möchte, dass wir hier im Haus ein Foto von Viola aufstellen.«

»Ja, das machen wir, Engelchen!«

Sie lagen sich in den Armen und weinten und Lyra störte es nicht, dass ihre Mutter sie Engelchen genannt hatte.

Irgendwann vor dem Einschlafen erinnerte sie sich an Patrick und schickte ihm eine SMS. *Alles okay, komme morgen.*

NEUNUNDZWANZIG

Weder ihre Mutter noch Daniel zeigten sich besonders begeistert, als Lyra beim Frühstück in der Küche sagte, sie müsse gleich zu Patrick. »Ich muss ihm alles erzählen. Er hat sich Sorgen gemacht«, erklärte sie.

Ihre Mutter seufzte. »Aber du rufst an, damit ich dich holen kann.«

»Ach Mama, es ist doch nicht weit.«

»Lyra, tu uns den Gefallen, ja?«, schaltete sich Daniel ein.

Keine Vorhaltungen, keine langen Reden, Daniel war eigentlich ganz vernünftig, dachte Lyra auf einmal.

»Okay«, sagte Lyra und Daniel und ihre Mutter lächelten glücklich.

Frau Merz öffnete im verkleckstem Malerkittel und grüner Farbe in Gesicht und Haar. Tiger kam auf Lyra zugelaufen und begrüßte sie schwanzwedelnd.

»Ich muss Patrick unbedingt etwas erklären«, sagte sie zu Frau Merz, die einen verwirrten Eindruck machte.

Sicher war sie in Gedanken zwischen Lianen und wilden Affen gefangen.

»Na endlich!«, rief Patrick aus dem Flur, »Mama, lass Lyra rein!«

Frau Merz trat zur Seite und Lyra folgte Patrick in sein Zimmer. Dort saßen zu ihrer Überraschung Bea und Oliver und sahen sie neugierig an.

»Was macht ihr denn hier?«, fragte Lyra.

»Wir haben ja wohl ein Recht zu erfahren, was du erlebt hast,

oder?« Bea konnte einen vorwurfsvollen Unterton nicht unterdrücken.
»Bea, hör auf«, sagte Oliver und lächelte Lyra an. »Jetzt erzähl mal, was gestern los war!«
Lyra setzte sich neben Patrick aufs Bett und erzählte die ganze Geschichte. Alle hörten schweigend zu.
»Wow, das hätte auch anders ausgehen können!«, sagte Oliver, als sie geendet hatte.
»Diesem Leander hab ich von Anfang an nicht getraut!« Bea warf ihr Haar über die Schultern. »Der hatte so was Gruseliges.«
»Das fandest du aber ziemlich gut, Bea.«
Bea hob nur die Augenbrauen, während Oliver und Patrick lachten.
Ja, die ganze Sache hätte anders ausgehen können. Aber Lyra hatte Glück gehabt. Und dann hat mir auch Viola geholfen, dachte sie. Doch das sagte sie nicht. Patrick stand auf und ging zum Computer.
»Meine Schwester hat mir das Foto von Jan Vogel geschickt. Das war ein Schock! Dann kam auch noch diese Nachricht!« Er rief das Mailprogramm auf. Lyra setzte sich neben ihn an den Schreibtisch.

Lieber Patrick,
ich habe mich bei der Zeitung umgehört. Also: Ich fand keine Nachricht über einen Verkehrsunfall. Dafür aber die Meldung über eine vermisste Schülerin: Viola G. Sie wurde erst Tage nach ihrer Ermordung im Wald gefunden. Erst ein halbes Jahr später fand man das Tagebuch der Ermordeten und stieß auf einen gewissen Jan Vogel, mit dem Viola G. befreundet gewesen sein soll. Doch er lief von zu Hause weg, tauchte unter. Angeblich hat man ihn bis heute nicht gefunden. Das Foto zeigt ihn im Alter von sechzehn Jahren.

Aber sag mal, wozu willst du das eigentlich alles wissen?
Gruß
Deine große Schwester

Lyra sah auf.
Patrick zuckte die Schultern. »Na ja. Ich fand den Typen gleich komisch. Aber ich hätte dich wohl nicht abhalten können, ihn zu treffen, was?«
Sie schüttelte den Kopf. »Ich habe mir so sehr gewünscht, dass Viola noch lebt. Aber ich frage mich, was er von mir wollte?«
»Dasselbe wie von Viola. Er hat sich da reingesteigert!«, sagte Patrick und Oliver und Bea nickten.
Ja, so wird es gewesen sein. Es hat ihm Spaß gemacht, mich in seine Gewalt zu bringen, dachte Lyra.
»Okay, Leute, das wäre ja jetzt geklärt, aber wir wissen immer noch nicht, wer Pia ermordet hat.« Oliver sah in die Runde.
Stimmt, dachte Lyra erschrocken. Sie war so von ihrer eigenen Geschichte gefangen genommen, dass sie Pia ganz vergessen hatte.
»Ja, Oliver hat recht«, sagte sie und seufzte. »Ich hab nur keine Ahnung, wie wir den Scherenschleifer überführen sollen!«
Die anderen drei schüttelten ratlos die Köpfe.
Aber da war noch etwas anderes: Patricks Schwester hatte in ihrer Mail ein Zeitungsfoto von Viola im Alter von fünfzehn mit gesendet. Lyra starrte nun auf das Bild. Irgendetwas machte sie stutzig, irgendetwas an ihrem Aussehen rief eine dunkle Erinnerung in ihr hervor . . . Sie grübelte. Was hatte ihr Viola durch das Medium gesagt? Du wirst die Zeichen erkennen . . . Die Zeichen . . .
»Ich muss noch mal zur Bauruine. Kommt ihr mit?«
»Was willst du denn dort?«, wollte Patrick erstaunt wissen.
»Ich hab das Gefühl, dass wir dort etwas übersehen haben.«

»Aber der Scherenschleifer ist noch auf freiem Fuß, ich weiß nicht, ob das so eine gute Idee ist, ihn zu besuchen?«, gab Bea zu bedenken.
Patrick stand auf. »Ach, kommt schon, wir sind zu viert und dieses Raubtier nehmen wir auch mit.« Er zeigte auf Tiger.
Tiger sah in die Runde und wedelte mit dem Schwanz. Patrick gab seiner Mutter Bescheid, dass sie kurz mit dem Hund rausgingen.
»Prima! Er war noch nicht draußen und ich hab keine Zeit. Meine Farbe trocknet mir aus!«, rief sie aus ihrem verschlossenen Atelier. Patrick verdrehte die Augen.
»Das neue Bild heißt Grüne Hölle. Ich fürchte, es wird besonders schrecklich«, sagte er zu Lyra und nahm Tiger an die Leine.
»So lange sie es nicht in deinem Zimmer aufhängen will!«, meinte Lyra.
Er grinste. »Nein, es gibt schon einen Kunden.«
»Ach, praktisch.«
»Na ja, ich weiß nicht . . .« Er kratzte sich verlegen am Kopf. »Es ist deine Mutter.«
»Oh, nein!« Lyra stellte sich schon das Bild in ihrer Wohnung vor. Es würde jeden Raum vollkommen beherrschen! Was dachte sich ihre Mutter nur? Sie musste verrückt sein!
Er lachte. »He, das war ein Witz.«
Lyra brummte.
»Meinst du nicht, du solltest deiner Mutter Bescheid geben, dass es ein bisschen später wird und dass ich dich nach Hause begleite? Sie macht sich sicher Sorgen nach dem Tag heute!«, sagte Patrick.
»Stimmt.« Sie hätte selbst dran denken sollen. Natürlich wartete ihre Mutter. Sie wählte die Nummer und hatte sofort Daniel am Telefon und erklärte ihm, dass sie in anderthalb Stunden zu Hause wäre.

»Okay, lass deine Mutter nicht zu lang warten. Sie ist ziemlich fertig«, sagte Daniel.
»Klar.« Sie legte auf. »So, das wäre geregelt.«

Zu viert und mit Tiger im Schlepptau marschierten sie durch die Unterführung und weiter in Richtung Bauruine.
»Ich weiß immer noch nicht, wie Leander mich und meine Mutter gefunden hat«, sagte Lyra auf einmal
»Hast du ihn denn nicht gefragt?«, wollte Bea wissen.
»Doch, aber er hat mir nicht geantwortet.«
Sie verließen die Straße und stapften durchs Gebüsch auf die Bauruine zu. Bea stolperte und fluchte.
»Pass auf die Drähte auf, die hier überall rumliegen«, sagte Patrick und hielt Tigers Leine kurz.
Der weiße Bau lag still und leer vor ihnen. Sie schlichen dennoch vorsichtig und geduckt zum Eingang über die Terrasse. Kein Laut. Nein, hier war niemand außer ihnen.
Bei Tage sah alles halb so bedrohlich aus, dachte Lyra. Dennoch lief eine Gänsehaut über ihren Rücken, als sie die Ruine betraten. Alles war an seinem Platz. Der Karton, der Schlafsack, die Kaffeemaschine, die in die Wand geritzten Zeilen, der Altar. Die Blumen waren am Verwelken.
»Sogar Blumen hat er hier!«, stellte Bea fest.
»Und was suchen wir eigentlich hier?«, wollte Oliver wissen und sah sich um.
»Moment mal«, Lyra zeigte auf das Gedicht an der Wand. »Das hat doch Leander . . . also, ich meine Jan, in der Höhle zitiert!«
Irgendetwas begriff sie nicht. Das war doch die Wohnung des Scherenschleifers . . .
Lyras Blick fiel auf den Glasrahmen mit Pias Foto, sie nahm ihn in die Hand und drehte ihn um. Die Rückseite bestand ebenfalls aus Glas. Lyra entzifferte die verblasste Bleistiftschrift auf dem

Foto: Mai 97. Seltsam, dachte sie, da war Pia doch erst fünf. So alt wie sie selbst ... Sie starrte wieder auf das Foto und auf den Glasrahmen. Es war ein Wechselrahmen und oben an der Kante fiel ihr etwas auf. Tatsächlich! In dem Rahmen steckten zwei Fotos. Sie zog das Foto von Pia heraus. Und darunter kam ... ein Foto von Viola zum Vorschein.

Patrick pfiff durch die Zähne. »He, woher hast du das gewusst?«

»Weibliche Intuition«, murmelte sie und betrachtete das Foto. *Sieh dir das Bild an*, hörte sie Violas Stimme. Lyra hatte sich schon so an die Stimme gewöhnt, dass sie nicht mehr zusammenzuckte.

»Und was soll ich darauf erkennen?«, fragte sie.

»He, sprichst du jetzt mit dir selbst?«, fragte Bea, aber Lyra hörte sie kaum. »Die Kette!«, murmelte Lyra. Am Hals von Viola konnte sie ganz deutlich eine Goldkette mit einem herzförmigen Anhänger erkennen.

»Was faselst du da?«, fragte Patrick.

Statt einer Antwort nahm Lyra die Kette mit dem Herzanhänger vom Altar und hielt sie neben Violas Foto. Zweifellos, das war dieselbe Kette!

»He! Das ist ja dieselbe Kette! Violas Kette!«, rief er. »Die Trophäe«, fügte Oliver hinzu.

»Ja.« Lyra nickte. Die Zeichen – sie hatten die ganze Zeit hier gelegen.

»Aber irgendwas stimmt hier nicht. Hier hat doch der Scherenschleifer gewohnt. Wieso hat der ein Foto von Viola?« Patrick schüttelte verwirrt den Kopf. »Und ihre Kette?«

Das war merkwürdig. Lyra drehte sich um und sah sich im Raum um. Da lag der Karton, da war die Kaffeemaschine – Sie hob den Karton an und zog den Zeitungsausschnitt über die Meldung von Pias Tod heraus. Sie hob den Karton noch ein bisschen höher. Da entdeckte sie ein weiteres Blatt, eine Zeitungsseite, herausgerissen aus einer deutschen Zeitung. Sie kannte den Schriftzug.

»Was hast du da?«, sagte Patrick neugierig. »Wormser Echo? He, das ist doch ein Bild von deiner Mutter!«

Lyra nickte.

Die Wormserin Jutta Grammer erfolgreich im Süden Spaniens stand da als Überschrift. In dem Artikel ging es um Menschen, die Worms in den letzten Jahren verlassen hatten und im Ausland eine neue Firma gegründet hatten. Ihre Mutter gehörte dazu. Sie war an der Costa del Sol Immobilienmaklerin geworden. Die Adresse ihres Büros in Marbella stand dick und fett unter dem Artikel.

»Kein Wunder, dass er dich gefunden hat«, sagte Oliver, als er ihr über die Schulter sah.

»Das ist ja voll schräg«, meinte Bea.

Lyra grübelte. »Ja, aber was hat Pia mit dem allem zu tun? Und wieso bewahrt das der Scherenschleifer auf?«

Patrick zuckte die Schultern. »Zufall. Sie ist ihm wohl einfach über den Weg gelaufen und dann hat er . . .«

Ein gedämpftes Bellen war zu hören.

»Wo ist Tiger?«, fragte Lyra und blickte sich um.

»Tiger! Wir haben Tiger ganz vergessen«, rief Patrick. Wieder das entfernte Bellen. »Tiger!«

»Ich glaube, das Geräusch kommt von nebenan!«, sagte Bea und die vier gingen hinaus, um über die Terrasse in die andere Wohnung einzusteigen. Da kam ihnen Tiger schon aufgeregt bellend entgegengelaufen.

»Er hat was gefunden!«, rief Patrick. »Zeig's uns, komm!«

Der Labrador lief zurück in die benachbarte Wohnung und sie folgten ihm. Überrascht blieben sie an der Türschwelle stehen. Auch hier hatte offensichtlich jemand gewohnt: Auf dem Boden lag ein Karton, auf dem deutlich ein Abdruck zu erkennen war.

Ein »Tisch«, eine Kiste mit einem übergeworfenen, zerrissenen Tuch, stand daneben. Aber es gab weder einen Schlafsack noch irgendwelches Geschirr.

»Sieht ganz danach aus, als ob der Mieter ausgezogen ist«, bemerkte Lyra und betrachtete die Wände. Eine Kreidezeichnung. Ein Herz mit einer Schrift.

»Juan y Pia«, las Oliver laut vor. *Juan und Pia*. »Komisch, jetzt versteh ich gar nichts mehr . . .«

»Sag mal, Patrick, wieso dachtest du, dass der Scherenschleifer in der anderen Wohnung lebt?«, fragte Lyra.

»Ich hab ihn auf das Haus zugehen sehen und dachte, er geht in den letzten Eingang. Als ich das nächste Mal mit dir hierhergekommen bin und die Räume nebenan bewohnt waren, da dachte ich eben, dass es die Wohnung vom Scherenschleifer sein müsste . . .«

»Dabei war es die von Leander«, schlussfolgerte Bea.

Patrick nickte. »Genau. Und der Scherenschleifer Juan hat neben ihm gewohnt. Aber diese Wohnung hab ich nie gesehen!«

Die Dinge fügten sich ineinander wie Puzzlestücke. An jenem Abend hatten Lyra und Patrick jemanden mit Motorradhelm hereinkommen sehen und geglaubt, es sei der Scherenschleifer. Dabei war es Leander gewesen.

»So hat Leander wahrscheinlich auch Pia kennengelernt. Als sie den Scherenschleifer besucht hat! Ich glaube, wir sollten jetzt besser die Polizei anrufen!«, sagte Lyra.

»Ganz deiner Meinung«, stimmte Patrick zu und zog sein Handy heraus.

Als die Polizei nach wenigen Minuten eintraf, wunderte sich die Polizistin mit dem blonden Pferdeschwanz nicht wenig.

»Lyra! Du solltest aber jetzt endlich Feierabend machen!«, sagte Carmen.

»Ja, mache ich«, antwortete Lyra und merkte, wie sie plötzlich unendlich müde wurde. War jetzt wirklich alles vorbei?
Patrick rief für sie zu Hause an, Bea und Oliver hatten sich bereits auf den Nachhauseweg gemacht. Eine Viertelstunde später kam Lyras Mutter in Begleitung von Daniel. Bevor sie Lyra Vorwürfe machen konnten, sagte die Polizistin zu ihnen:
»Ohne Lyra und ihre Freunde hätten wir dieses Versteck lange noch nicht gefunden. Jan Vogel wurde international gesucht. Europol hat uns erst vor ein paar Monaten darüber informiert, dass er sich offenbar in Spanien unter dem Namen Leander Maurer aufhält. Unsere Kollegen haben ihn identifiziert.
Und den DNA-Proben nach sieht es so aus, als habe er auch Pia umgebracht.« Carmen betrachtete die Fotos von Pia und Viola, die die Spurensicherung bereits in eine Plastiktüte gesteckt hatte.
Lyras Mutter nahm Lyra wieder in die Arme und fragte die Polizistin, ob sie hier noch gebraucht würden. Carmen schüttelte den Kopf.
»Dann sollten wir jetzt schleunigst heimfahren,«, sagte Daniel.
Nachdem sie Patrick zu Hause abgesetzt hatten, machte es sich Lyra zwischen Daniel und ihre Mutter auf der Couch gemütlich. Daniel hatte Eis besorgt. Und sogar Lyras Mutter aß tatsächlich zwei Kugeln, wie Lyra feststellte.
»Jetzt ist also alles aufgeklärt. Endlich haben sie den Mörder von Viola gefunden«, sagte ihre Mutter.
»Ja.« Lyra legte den Arm um ihre Mutter, die Tränen in den Augen hatte.
»Ich mach mir solche Vorwürfe, dass ich dir nicht die Wahrheit gesagt habe«, sagte ihre Mutter.
»Mach dir nicht so viele Gedanken, Mama, ich verstehe schon«, tröstete Lyra ihre Mutter – eine völlig neue Situation.
»Und dann bin ich viel zu selten hier bei dir . . .«

»Na ja«, meinte Lyra, »eigentlich wäre es praktischer, wenn Daniel hier wohnen würde, dann müsstest du nicht immer weg.«
Daniel grinste und nahm sich noch zwei Kugeln Schokoeis.
»Ich finde, Lyra hat recht«, sagte er.
»Moment mal, hört ihr das?« Lyra sprang auf und ging zum Fenster. Tatsächlich stand da an der Ecke das Moped des Scherenschleifers und er flötete seine Melodie. Als er sie am Fenster bemerkte, hörte er kurz auf und sah zu ihr hinauf. Und das erste Mal, seit Lyra ihn nun kannte, war da nichts Bedrohliches in seinem Blick. Ganz im Gegenteil meinte sie ein flüchtiges Lächeln über sein Gesicht huschen zu sehen. Rasch drehte sie sich weg. War er denn nicht böse auf sie?
»Was hältst du davon, Lyra«, riss Daniel sie aus ihren Gedanken, »wenn wir noch ein paar Tage nach Tarifa zum Surfen fahren. Frag doch mal Patrick, ob er mitkommen will!«
Lyra drehte sich um. Nein, Daniel lachte nicht, er meinte es vollkommen ernst. Tarifa! Weite Atlantikstrände!
»Hm, darüber müsste ich mal nachdenken«, meinte sie grinsend.
Und sie meinte sogar, dass ihr auch Viola von dem Foto, das ihre Mutter an die Wand gehängt hatte, zulächelte.

Mitten im Schlaf glaubte sie ein Geräusch zu hören. War es wieder das Dröhnen? Nein, es war eine Stimme, oder?
Viola?
Lyrali, ich bin hier. Du hast mich endlich erlöst. Jan kann nun niemandem mehr etwas antun.
Lyra nickte. Können wir weiterhin miteinander reden?
Klar.
Wir haben ein Foto von dir aufgestellt.
Ich weiß. Das ist schön. Ich bin immer bei euch.
Ja. Sag mal, wie findest du Daniel?

Ein netter Typ. Hast du nicht gemerkt, dass Mama viel entspannter ist, wenn er da ist?

Mhm. Kann ich weiter mit dir reden oder verstummst du wieder?

Wenn du mich rufst, bin ich da.

Wirklich?

Klar. Ehrenwort.

Viola?

Ja?

Meinst du, Patrick mag mich?

Oh ja, ziemlich sogar.

Ja?

Ganz sicher.

Und Oliver?

Oliver? Der immer nur gähnt?

Lyra musste kichern. Stimmt.

Sie hörte Viola auch lachen.

Ich glaube, ich muss jetzt weiterschlafen. Ich bin schrecklich müde.

Verständlich. Jetzt schlaf gut. Und träum was Schönes. Zum Beispiel von Patrick.

Von Patrick . . . sie sah ihn mit seinen zerzausten Haaren vor sich und musste lächeln. Vor dieser ganzen Geschichte hatte sie ihn nie so richtig wahrgenommen. Aber jetzt, als sie die Augen wieder zumachte, sah sie sich und Patrick auf Surfbrettern lachend über blaue Wellen fliegen.

DAS BÖSE HAT SEINE GUTEN SEITEN – DIE ARENA THRILLER

Zara Kavka

Blütensplitter

Isa ist 17 und die strahlende Siegerin einer Schauspiel-Castingshow: Sie gewinnt eine Hauptrolle in einem Kinofilm. Aber noch in der Finalnacht verschwindet sie und ein Abschiedsbrief taucht auf. Allein Isas Schwester Sophie glaubt nicht an einen Selbstmord. Die Suche nach Isa führt sie in die Welt der Filmstars und -sternchen. Eine Welt voller Intrigen, in der es jede Menge Menschen gibt, die ein Interesse daran hatten, Isa aus dem Weg zu räumen.

Arena

Auch als E-Book erhältlich

256 Seiten • Klappenbroschur
ISBN 978-3-401-60006-2
www.arena-verlag.de

DAS BÖSE HAT SEINE GUTEN SEITEN – DIE ARENA THRILLER

Tamina Berger

Elfengift

Leni freut sich auf die Ferien am Meer, ohne Eltern in der Strandhütte ihrer Tante. Nicht mal ihr Halbbruder Christopher, der plötzlich auftaucht, kann ihr die Ferien vermiesen. Doch schon bald merkt Leni, dass etwas mit der Hütte nicht stimmt: Nachts hört sie Geräusche, und Albträume suchen sie heim. Leni weiß nicht, dass an diesem Ort eine Gefahr lauert, der sie längst zu nahe gekommen ist.

Arena

Auch als E-Book erhältlich

264 Seiten • Klappenbroschur
ISBN 978-3-401-60026-0
www.arena-verlag.de

DAS BÖSE HAT SEINE GUTEN SEITEN – DIE X-THRILLER

978-3-401-06712-4

Der süße Kuss der Lüge

Meine Schuld, hämmert es in Lus Kopf. Ich habe nicht aufgepasst und es ist meine Schuld. So verzweifelt sie auch die kleine Ida sucht, ihre geliebte Nichte ist spurlos vom Spielplatz verschwunden. In ihrer Panik ruft Lu ihren Freund Diego an, der bei der Polizei arbeitet. Sie ahnt nicht, dass damit ein Albtraum seinen Lauf nimmt.

978-3-401-06608-0

Wenn es dunkel wird

Melody und ihre Freunde wollen entspannte Sommerferien an der französischen Mittelmeerküste verbringen. Doch okkulte Praktiken und verbotene Gefühle zwischen ihnen heizen zusehends die Stimmung auf. Es kommt zur Katastrophe – ein Jugendlicher stirbt. Mel weiß: Nur wenn sie alle schweigen, wird niemand die Wahrheit je erfahren.

978-3-401-06683-7

Dann fressen sie die Raben

Nach dem vermeintlichen Selbstmord ihrer Schwester fühlt sich Ruby permanent beobachtet und verfolgt. Jemand steckt ihr das Foto eines toten schwarzen Jungen zu. Warum und was hat das mit den rätselhaften Andeutungen ihrer Schwester zu tun, die um ihr Leben kämpft? Die Polizei hält alles nur für einen schlechten fremdenfeindlichen Scherz.

Arena

Jeder Band:
Klappenbroschur
Auch als E-Book erhältlich
www.arena-verlag.de